雅舍随笔

梁实秋 著

山西出版传媒集团　山西人民出版社

图书在版编目（CIP）数据

雅舍随笔 / 梁实秋著. -- 太原：山西人民出版社，2019.10
ISBN 978-7-203-10965-5

Ⅰ. ①雅… Ⅱ. ①梁… Ⅲ. ①随笔－作品集－中国－现代 Ⅳ. ① I266.1

中国版本图书馆 CIP 数据核字 (2019) 第 142670 号

雅舍随笔

著　　　者：梁实秋
责任编辑：郝文霞
复　　　审：秦继华
终　　　审：姚　军
装帧设计：宋双成

出　版　者：山西出版传媒集团·山西人民出版社
地　　　址：太原市建设南路 21 号
邮　　　编：030012
发行营销：0351-4922220　4955996　4956039　4922127（传真）
天猫官网：http://sxrmcbs.tmall.com　电话：0351-4922159
E－mail：sxskcb@163.com 发行部
　　　　　sxskcb@126.com 总编室
网　　　址：www.sxskcb.com

经　销　者：山西出版传媒集团·山西人民出版社
承　印　厂：三河市天润建兴印务有限公司

开　　　本：880mm×1230mm　1/32
印　　　张：10
字　　　数：200 千字
印　　　数：1-5000 册
版　　　次：2019 年 10 月第 1 版
印　　　次：2019 年 10 月第 1 次印刷
书　　　号：ISBN 978-7-203-10965-5
定　　　价：39.80 元

如有印装质量问题请与本社联系调换

目　录

第一辑　读书札记

- 3　亚瑟王的故事
- 7　布道书
- 11　莎士比亚与性
- 16　莎翁夫人
- 19　莎士比亚与时代错误
- 24　斯威夫特自挽诗
- 29　约翰逊的字典
- 38　桑福德与墨顿
- 43　《造谣学校》
- 47　玛丽·兰姆
- 51　尘劳
- 55　拜伦
- 62　沙发

67	奥杜邦
70	林肯告别春田
72	沉默的庞德
74	《大　街》
79	纳　什
81	布劳德斯基的悲剧
85	陶渊明"室无莱妇"
87	读杜记疑
97	剑　外
100	《曾孟朴的文学旅程》
104	《登幽州台歌》
108	《词林摘艳》
113	唐云麾将军碑
115	金缕衣
117	《传法偈》
120	悬　记
122	竹林七贤
125	管仲之器小哉
128	《饮中八仙歌》
132	万取千焉，千取百焉
135	生而曰讳
137	复词偏义

140	海晏河清图
143	孝

第二辑　尺牍寸心

149	写给刘英士先生的信
151	写给孙伏园先生的信
153	写给舒新城先生的信
156	写给刘白如先生的信
160	写给张佛千先生的信
165	写给林海音女士的信
170	写给余光中先生的信
172	写给陈祖文先生的信
177	写给吴奚真先生的信
180	写给陈秀英女士的信
188	写给聂华苓女士的信
194	写给蔡文甫先生的信
197	写给夏菁先生的信
200	写给梁锡华先生的信
204	写给沈苇窗先生的信
206	写给小民女士的信

208	写给缪天华先生的信
209	写给罗青先生的信
212	写给陶龙渊先生的信
214	写给黄天白先生的信
215	写给林芝女士的信
219	写给江新华先生的信
221	写给方仁念女士的信
222	关于徐志摩的一封信
225	旧笺拾零

第三辑　诗心盎然

237	荷花池畔
239	没留神
240	一瞬间的思潮
242	冷　淡
244	蝉
245	疑　虑
246	重聚之瓣（摘录数段）
251	春天的图画（十首之二）
252	二十年前

253	对　墙
254	送一多游美
258	旧　居
260	秋　月
262	梦　后
264	荷花池畔
268	答一多
270	幸　而
271	早　寒
272	寄怀一多
274	小　河
276	怀——
278	答赠丝帕的女郎
281	赠——
283	一九二二年除夜
286	尾生之死
292	海　啸
295	海　鸟
298	梦
299	题璧尔德斯莱的图画
302	荆轲歌
310	*REPLY FROM A "CHINEE"*

第一辑
读书札记

亚瑟王的故事

亚瑟王和他的圆桌武士的故事，一向流行很广，尤其是丁尼生把这些故事写成了叙事诗，多有渲染，使其更近于人情，遂成为每个儿童都耳熟能详的通俗读物。骑士踏上征途，茫茫然不知所之，寻求刺激，扶弱抑强，以游侠自任，或除暴客，或斩妖邪，一波未平一波又起地永无休止。中古时期特有的一种浪漫的恋爱观，所谓"高雅的爱"，对意中人奉若神明，唯命是听，赴汤蹈火，在所不辞，而对象又往往是有夫之妇，于是幽会私奔，高潮迭起。凡此种种，把这中古罗曼史点缀得花团锦簇，色彩鲜明，至今仍能给人以新奇的喜悦。

亚瑟的故事有很多荒诞不经的地方，像亚瑟的那一把魔剑，能削铁如泥，插在石头里谁也拔不出来，一定要等待"真命天子"才能一拔即出。亚瑟垂死之际这把剑又被抛在水里，水里伸出一只怪手把剑接了过去而逝。帮助亚瑟杀敌致果的魔师梅林，幻术百出，真是神通广大。像这样奇异的穿插，一望而知是诗人的捏造，无论是儿童或成年的爱听故事的人都不妨姑妄听之。但是也有喜欢刨根问底的人，要进一步问亚瑟与其圆桌武士究竟有无其人，是历史上的真实人物，抑或是诗人向壁虚造的资料？因为亚瑟王是第五或第六世纪的人物，而当时各家史籍竟无片言只语涉及其人，偶有提到他的文字亦语焉不详，甚至带有神话意味。所以研究文学与历史的人，大概都对亚瑟故事之真实性持保留的态度。近阅六月二十一日《新闻周刊》，有一段关于亚瑟的报道，如下：

亚瑟王的传说，一直有人信以为真，最近英国的历史学家顿宁（Robert Dunnjng）在反对方面又添上了他的异议。他写了一本书关于萨摩塞郡的基督教的历史，他说亚瑟王故事至少有一部分是十二世纪的格拉斯顿伯里寺院中的僧侣搞的一项招揽生意的噱头，这寺院据说是亚瑟王及其不贞之后桂妮维亚的埋身之所。据传说，亚瑟王在六世纪中叶，在战斗中受了致命伤，然后由一船载之而去，到了一个名为阿瓦龙的魔岛之上，其地在英格兰之西方。格拉斯顿伯里寺就是建在那个地方，但后于一一八四年毁于火灾。有一天，寺僧掘地为墓，掘出了一个铅质十字架，上有拉丁文字："著名的亚瑟王长眠于此阿瓦龙岛上。"再往深处掘，乃发现庞大的橡木棺，内有一躯体壮大的男子骨骼及一骷髅，左耳上方有曾被击碎模样。尸骨的一边又有一副较小的骷髅，几缕细弱的黄发。

当时一般人都以为这遗骸就是亚瑟王及桂妮维亚。但是顿宁于仔细研究一切有关文献之后，乃得一结论，这可能全是那些僧人编造出来的谎言，借以敛财重建寺院。捐款纷纷而来，但是被狮心王截断了，因为他更感兴趣的是第三次十字军。"人们必须加以诱骗使之继续地慷慨输将"，顿宁说，"伪造文书与欺骗行为好像在最虔诚的宗教人士之间，也不是不常见的。格拉斯顿伯里建筑基金的来势渐行疲软之际，硬指格拉斯顿伯里为阿瓦龙而且发现了亚瑟的墓，岂不是最好的宣传手段？"

凡是传说，当然是不易消灭的。在格拉斯顿伯里之南仅仅十英里的地方，有一群英国考古学家（号称"卡美洛特研究委员会"）已经在一座山下掘了好几年，以为那就是亚瑟王宫廷所在的卡美洛特之故址。已故的丘吉尔对于揭发亚瑟王故事之虚伪的人也不大以为然。在他的《英语民族史》里，丘吉尔描述亚瑟王的传说为："其题材之踏实，其灵感之丰富，其为人类遗产之不可分割的一部分，较之《奥德赛》或《旧约》皆无逊色。全是真实的，或者说应该是……"

丘吉尔最后一句话是很狡狯的。他知道那不是真实的，所以他补加一句转语"或者说应该是……"凡是神话之类的东西，日久逐渐成为传统或历史的一部分，一般人明知其虚伪也不愿加以揭发，因为一经揭发，传统或历史不免要损失一部分色彩。传统与历史需要装潢。

布道书

英王爱德华六世于一五四七年登极,在他的名义下发布了一本《布道书》(Certain Sermons or Homilies),这是一种钦定的官方文件,发给全国教会于每星期日宣读,所以意义非常重大。这与爱德华六世本人倒没有什么关系,因为他是一个孱弱的孩子,登基时才十岁,政权在摄政者手里,他十六岁就死了。但是君权神授之说乃是都铎王朝政治思想中的一项重要原则,被统治的人民应该唯命是从,服从是天职,永远不得反抗。莎士比亚小时候在教堂里,大概就听到过这样的布道。布道书的第十篇,标题为"告诫人民维持良好秩序服从君主与官长",就是专门灌输服从之说的宣传文章,引经据典,大言不惭,好像是颇能自圆其说的样子。兹节译此篇如下:

全能的上帝创造万物,在天上,在地上,在水里,有条不紊，美妙至极。在天上他布置了阶级鲜明的大天使与天使。在地上他安排了帝王、公侯及其他文武百僚，秩序井然，切合需要。天上储藏水分，在适当季节降为甘霖。日、月、星、虹、雷、电、云及空中飞鸟，无不各守其分。地、树、种子、植物、药草、谷、草以及各种兽类，亦均各安其位。一年各季，如冬、夏、月、夜、昼，都按秩序进行。海、河、水里的各种鱼，以及一切喷泉水源，甚至海洋本身，都各有其轨迹与秩序。人类亦然，他的身心各部，如灵魂、心脏、心灵、记忆、悟性、理性，还有言语，以及躯体上的各个部分，都有有益的合适的愉快的秩序。各个阶层的人在他们的职业与位置之中各有他们的义务与地位。有些人地位高，有些人地位低，有些人是帝王公侯，有些人是属下与平民，牧师与俗人，主与仆，父与子，夫与妇，富与贫，每人均互相需要别人；所以一切事皆要赞美上帝的妥当安排，否则，家庭、城市、国邦均无法继续维持下去。若无适当的秩序，必定产生弊端、放纵、罪行与巴比伦式的混乱。若是取消国王、公侯、统治者、官员、法官及上帝安排的各阶层，那么将没有人在公路上骑马或步行而不被劫掠；没有人在自己家里或床上睡觉而不被杀害；没有人能安然保有他的娇妻、子女和所有物；一切的东西必将变为共有，势必导致一切的纷扰与极端的破坏，无论是在灵魂、躯体、财物、国家，任一方面。但是我们要感谢上帝，在这英格兰国土之内，我们感觉不到那些缺乏秩序的民族所必定要受到的灾难、苦痛与狼狈。我们也要感谢上帝，我们知道上帝对我们特颁恩宠。上帝给了我们一项宝贵礼物，那便是我们最亲爱的国王爱德华六世，辅以一个虔敬的聪明的荣誉的枢密院，以及其他上上下下的官佐，秩序井然。因此之故，我们人民要善尽我们的职责，热烈地感谢上帝，为保持这个神圣秩序而祈祷。我们要从内心深处服从他们的措施、法律、规程、文告、训谕以及一切其他神圣的命令。我们要体会《圣经》的指示，它指示我们做忠顺的良民，主要的是要效忠于国王陛下，他是至高无上的首领，其次是效忠于他的枢密院，及其他一切由上帝安排下的贵族、长官、官吏。因为全能的上帝是上述国家秩序之唯一的创造者，像《圣经·箴言篇》所说的："借我之力，国王君临天下；借我之力，大臣制定公正法律；借我之力，王侯掌握治权，一切法官执行裁判。我爱一切爱我的人。"（《箴言篇》第八章十五至十七节）

邪恶的审判官彼拉多对基督说："你知否我有权钉死你也有权释放你？"耶稣回答说："你对我不能有任何权，除了上天所授。"（《约翰福音》第十九章十至十一节）基督在这里明显地指示我们，即使是邪恶的统治者，他们也是从上帝那里获得权力与威信。所以他们的属下人民不可用暴力抵抗他们，纵然他们滥用职权；至于没有滥用职权而只有增加上帝光荣并且施惠于民的那些虔诚信奉基督的王侯，自然更不可以抵抗了，使徒圣彼得命令一切臣仆服从主上，主上宽仁固然要服从，主上乖戾也要服从，强调人民的本分是忍耐，应该承受苦难。他提到我们的救主基督如何耐心地劝导人服从官长，虽然他们是邪恶的坏人。

所以我们都要对于反叛那种罪过，抱持戒惧之心，永勿忘记凡是抵抗权威者即是抵抗上帝和他的命令，《圣经》文字中还有许多别的明证可举。我们于此宜加注意，《圣经》中教人绝对服从并且痛斥犯上作乱的这类文句，绝不是指罗马教会所僭取的特权而言。因为《圣经》不容许那样僭夺的特权，其中充满了邪恶、滥权与亵渎。这一类文字的真义乃是阐明上帝之真正意旨以及奉天承运的帝王与其属员们之权威。

莎士比亚与性

一位著名的伊丽莎白文学专家在伦敦《泰晤士报》上说："莎士比亚是最富于性的描述的伟大英文作家。他毫不费力地，很自然地，每个汗毛孔里都淌着性。"这位六十七岁的英国学者劳斯又说："在莎氏作品中，可以清楚地看到，他集中注意力于女人身上，所以他创造出一系列的动人的文学中的女性。同时，有人坚信莎士比亚的作品乃是培根或玛娄或牛津伯爵所作，其说亦显然是狂妄，因为这几个人都是同性恋者。""这一点在莎士比亚研究上甚为重要，他是非常热烈的异性恋者——就一个英国人身份而言，也许是超过了正常的程度。"

西雅图《泰晤士报》于同年四月二十四日亦刊有一段类似的电讯：

性与诗人

现代的色情作家会使莎士比亚生厌

伦敦美联社讯——想找一本色情的书吗?不必注意目前充斥市场的淫书,去读莎士比亚的作品吧。

这是两位文学界权威的劝告,他们说这位诗人的十四行诗集有的是猥亵的描写。

伦敦《泰晤士报》今天发表了这两位戏剧专家的意见,宣称莎士比亚是英文中最富色情的作家。

莎氏传记作者牛津大学的劳斯博士说,莎士比亚"从每一个汗毛孔淌出色情"。

劳斯引述《莎士比亚的猥亵文字》作者帕特立芝(Eric Partridge)的话,说莎氏是"一位极有学识的色情主义者,渊博的行家,非常善于谈情说爱的能手,大可以对奥维德予以教益"。

但是专家们说,把淫秽部分发掘出来不是容易的事。

莎士比亚的色情描述通常是隐隐约约的,使用文字游戏来表达,需具有精通伊丽莎白英文能力的学者才能欣赏。

劳斯说,莎氏是"非常热烈的异性恋者——就一个英国人身份而言,也许是超过了正常的程度"。

劳斯的文章是为纪念一五六四年诗人诞辰纪念而作,

立即引起争论。

"大诗人是色情狂吗?"《太阳报》的一个标题这样问。

莎士比亚学会秘书 Gwyneth Bowen 说:"胡说!其他大部分伊丽莎白作家比他的色情成分要多得多呢。"

看了以上两段报道文字,不禁诧异一般人对莎士比亚的认识是这样的浅薄。戏剧里含有猥亵成分是很平常的事,中外皆然。尤其是在从前,编戏的人不算是文学作家,剧本不算是文学作品,剧本是剧团所有的一项资产;剧本不是为读的,是为演的;剧本经常被人改动,有所增损;剧本的内容要受观众的影响。所以,剧本里含有猥亵之处,不足为奇。看戏的人,从前都是以男人为限,而且是各阶层的男人都有。什么事情能比色情更能博取各色人等的会心一笑呢?不要以为只有贩夫走卒才欣赏大荤笑话,缙绅阶级的人一样喜欢那件人人可以做而不可以说的事,平素处在礼法道德的拘束之下的人,多有忌讳,一旦在戏院里听到平素听不到的色情描写,焉能不有一种解放的满足而哄然大笑?我们中国的评剧,在从前没有女性观众参加的时候,有几出戏丑角插科打诨之中,猥亵成分特多,当时称之为"粉戏",以后在"风化"的大题目之下逐渐删汰了比较大胆的色情点缀。《莎氏全集》,一八一八年包德勒(*Thomas Bowdler*)也曾加以"净化",删削了一切他认为淫秽的词句,成了"每个家庭里皆适于阅读"的版本。不过至今我还不能不想到那些所谓的"粉戏"。至今似乎没有人肯购置一部包德勒编的《莎氏全集》放在他的家里（事实上这个版本早已绝版）。

若说莎士比亚作品最富色情，似亦未必。十四行诗第一百二十九首是著名的一首，以性欲为主题，表现诗人对于性交之强烈的厌恶，我的译文如下：

> 肉欲的满足乃是精力之可耻的浪费；
> 在未满足之前，肉欲是狡诈而有祸害，
> 血腥的，而且充满了罪，
> 粗野无礼，穷凶极恶，不可信赖
> 刚刚一满足，立即觉得可鄙；
> 猎取时如醉如狂；一旦得到，
> 竟又悔又恨，像是有人故意，
> 布下了钓饵被你吞掉。
> 追求时有如疯癫，得到时也一样；
> 已得，正在得，尚未得，都太极端，
> 享受时恍若天堂，事过后是懊丧；
> 这一切无人不知；但无人懂得彻底，
> 对这引人下地狱的天堂加以规避。

诗写得很明显，其中没有文字游戏，亦未隐约其词，但是并不淫秽。我记得罗塞蒂（Dante G.Rossetti）有一首《新婚之夜》（*Nuptial Night*），也不能算是色情之作。

莎氏剧中的淫秽之词，绝大部分是假借文字游戏，尤其是所谓双关语。朱生豪先生译《莎士比亚全集》把这些部分几乎完全删去。他所删的部分，连同其他较为费解的所在，据我约略估计，每剧在二百行以上，我觉得很可惜。我认为莎氏原作猥亵处，仍宜保留，以存其真。

在另一方面亦无须加以渲染，大惊小怪。

莎翁夫人

一九六九年十一月二十四日报载：

【合众国际社英国斯特拉福顿二十二日电】今天一场大火烧毁了莎士比亚夫人童年故居的三分之一，但官员们希望能在明年游季以前，及时修复损坏部分。

莎士比亚纪念中心主任福克斯说，调查证明火灾是因电线走火而起，他又说，纵火的可能性"并未排除"。

福克斯称赞救火员，拯救了一座最具历史性，保存了五百年的茅草屋顶的农舍，该农舍自一八九二年以来，一直为英国重要的名胜。

据推测，在十六世纪末期，哈撒韦小姐嫁给莎士比亚以前，一直居住在那里。

每年大约有二十五万人参观该农舍。

莎翁夫人安娜·哈撒韦是一个不幸的女人。她比莎士比亚大八岁。莎氏在《第十二夜》第二幕第四景写下这样的句子：

女人永远要嫁一个比她大些的，她才能适合他，才能在她丈夫心里保持平衡……女人像玫瑰，美丽的花儿一经盛开立刻就谢。

这一段话也许是有感而发的吧？莎氏夫人在婚前就已怀孕，所以在圣灵降临节（Advent）前几天匆匆忙忙地请求教会举办手续，而且迫不及待地请求特准免去三次预告的手续，因为降临节一开始直到封斋期是不准结婚的。在伊丽莎白时代，订婚即具有法律约束力，婚礼是可以暂缓举行的，所以在婚前的性关系并不违法，但与善良风俗究竟不合，而且在双方心理上将永远是一个负担，会觉得婚姻（至少那婚礼）是被逼迫举行的。哈撒韦一家人有清教的倾向，清教徒厌恶剧院，而莎士比亚正好走上戏剧一途，不仅是作者，而且是演员，这志趣的不调和在婚姻上必有很大影响。所以莎士比亚一去伦敦，二十余年从来没有把妻子接到城里去同居——这是不寻常的事。莎氏在伦敦黑僧剧院附近置产，想尽方法使之将来不至于落入妻室之手。莎氏遗嘱留赠给妻的东西是"我的次好的一张床"，即他死时睡着的那张床。有人说"次好的床"表示亲热，因为那时代家中最好的床通常是预备给客人睡的。但是遗嘱里他对他的妻没有任何亲热的字样。这一段婚姻是不幸的。不过，古今中外文人的婚姻有几人是十分理想的呢？

莎士比亚与时代错误

所谓时代错误（*anachronism*）即把一个人、一件事，或一个东西于其尚未出生、尚未发生或尚未产生的时候就提前予以陈述或提及。在一个人已不存在的时候而误以为他尚在人间，这当然也是时代错误。文学作品里这是常见的事，古今中外的大作家有时亦不能免。莎士比亚当然不是例外，且举一些例子如下。

《冬天的故事》里提到雕刻家朱利欧·拉曼诺为赫迈欧尼画像的事（按：拉曼诺卒于一五四六年，和《冬天的故事》时代相距有一千六百多年之遥），这一错误近似"宋版的《康熙字典》"了。在这出戏里我们知道赫迈欧尼的父亲是俄罗斯的皇帝，但是这故事的背景是放在耶稣纪元以前，彼时俄罗斯尚是一个未开化的地方，哪里能有皇帝存在？这个故事既然是发生在耶稣诞生以前，如何可以提到"清教徒""原始罪""犹大卖主""圣灵降临节"？

《尤利乌斯·凯撒》一剧里也有严重的时代错误。布鲁特斯一派的人定钟鸣三声为分手的时刻。钟而能鸣，当然是自鸣钟。这样的钟是很晚近的事。自鸣钟的发明只有三百多年。"明万历二十八年大西洋人利玛窦来献自鸣钟，秘不知其术，大钟鸣时，正午一击，初未二击，以至初子十二击；正子一击，初丑二击，以至初午十二击。小钟鸣刻，一刻一击，以至四刻四击。"按万历二十八年为公元一六〇〇年，利玛窦以钟来献，想来钟在彼时尚是新奇之物，距新发明当不甚远。凯撒卒于公元前四十四年，距自鸣钟之发明当有一千六百多年。故凯撒时代的人不可能知道有自鸣钟其物。那个时代报时的工具应该是"漏"，水漏。还有，剧中提到布鲁特斯"读书时把书页折了一角"。按：罗马时代的书只有"卷"而无"页"，故书页折角乃绝无可能之事。

《伯利克里斯》剧中提到"手枪"。按：手枪始创于意大利，约在十九世纪中叶。伯利克里斯是公元前五世纪希腊政治家，在这样古的时代怎能说到手枪？

《泰特斯·安庄尼克斯》剧中萨特奈诺斯与塔摩拉结婚前发誓说："牧师与圣水就在近边……"按：牧师与圣水为天主教堂举行婚礼时所必需，而此剧背景是在罗马时代，与天主教堂根本风马牛不相及。又，此剧中之陆舍斯扬言要"砍下'俘虏们的'肢体，放在柴堆上燔烧……祭奠我们的弟兄们的亡魂"。按：罗马一向没有燔祭人肉的习惯，罗马人固然强悍残忍，但是杀死俘虏燔其肢体以飨阵亡将士之灵，罗马文化中尚无此一项目。

《考利欧雷诺斯》剧中拉舍斯赞美马尔舍斯之勇敢善战曰："凯图理想中的军人。"按：凯图生的那一年，考利欧雷诺斯已死去了二百五十五年之久。拉舍斯是考利欧雷诺斯同时期的人，如何能在他的口中说出凯图？莎士比亚此一错误亦有其根据，他根据的是普鲁塔克的传记。须知普鲁塔克的传记是叙事体，作者以第三人的地位尚论①古人，引用较晚的凯图的理想来赞美较早的马尔舍斯，固未尝不可。但莎士比亚的作品是戏剧，句句话都是对话，那便不可让拉舍斯口中吐出凯图这个人名。莎士比亚喜用普鲁塔克的文句，偶一不慎，遂生纰漏。

《亨利八世》剧中，诺佛克公爵对白金安公爵说："法国破坏盟约，扣留英商货物。"按：扣留货物一事发生在一五二二年三月，而根据历史白金安公爵已于前一年五月十七日被斩首。

《理查三世》二幕一景中格劳斯特乞求大家对他谅解，一位一位地数着，把乌德维尔大人、黎佛斯大人和斯凯尔斯大人当作了三个人。其实所谓乌德维尔大人，根本无其人。事实上王后的弟弟安东尼·乌德维尔即是后来的黎佛斯伯爵，亦即斯凯尔斯大人，一个人有两个勋衔，莎士比亚遂

---

① 尚论：向上追论。

误以为是三个不同的人了。这倒不是时代错误，不过也是错误。

《亨利六世》上篇五幕四景约克称阿朗松为"声名狼藉的马基雅维利"，是把马基雅维利当作野心家的别名，因为马基雅维利著《君主论》，申述用人处事以及纵横捭阖之术，一般人（尤其是未读过其书的人）斥为有关霸道权术之作，不合于宗教道德之理想。但是《君主论》之刊行乃在一五一三年，而亨利六世在一四七一年就死了！又，三幕二景琼恩对白德福公爵说："你要做什么，白胡子老头儿？"按：白德福即《亨利四世》中之兰卡斯特亲王约翰，为四世之第三子，死于一四三五年，时仅四十五岁，比琼恩还晚死四年，焉得称之为"白胡子老头儿"？又，二幕五景毛提摩临死前自述家世谱系，"从我母亲方面讲，我是老王爱德华三世的第三子……之后"。按：母亲是祖母之误。莎士比亚之所以有此误，乃由于叔侄同名为毛提摩之故。英国王家谱系甚为繁杂，有时很难弄得清楚。

《亨利四世》上篇三幕二景有"苏格兰的毛提摩"一语，怎么苏格兰又有一个毛提摩？原来是乔治·顿巴尔，只因他也拥有"玛尔赤勋爵"衔，故与英格兰的毛提摩相混了。

在地理方面莎士比亚也出过乱子。《冬天的故事》把阿波罗在 Delphi 的神庙说成在 Delphos 岛上，其实是在大陆上的 Phocis。莎士比亚把阿波罗出生地 Delphos 岛与 Delphic

神谕混为一谈了。这还不太严重，较严重而最成为话柄的是莎士比亚误以为波希米亚是一个滨海的国家，其实波希米亚在内陆，根本没有海岸。他这两个错误，都是沿袭格林的一篇散文传奇而以讹传讹。另一剧《维洛那二绅士》说起瓦伦坦由维洛那"搭船到米兰"也颇引人非议。有人为莎士比亚开脱，说那时候两地之间是有一条运河。其实这也是多余，因为剧中后来明说瓦伦坦是从陆路回来的。

以上举例，仅是其作品中一小部分的疵谬，不足为莎士比亚病。幸亏他的戏剧不是教科书，否则就难免误人子弟之咎；幸亏他的戏剧不是推行社会教育的工具，否则亦难免要遭受学人的非难。可是事实上，莎士比亚的戏早已成为许多学校的教科书，他的戏（尤其是历史剧）早已成为英国一般民众认识英国历史的主要工具之一。而戏中这许多瑕疵，还任由它谬种流传，没有人能成功地予以纠正，其故安在，可深长思。

斯威夫特自挽诗

斯威夫特以《格列佛游记》一书闻名于世,若干讽刺性的散文亦颇脍炙人口,但他的诗作近亦越来越为人所注意。其中一首自挽的诗,《悼斯威夫特博士之死》(*Verses on the Death of Dr.Swift*)是最著名的。据作者于一七三一年十二月一日给他的好友约翰·盖的信上说:"我最近数月写了近五百行,题目甚为有趣,只是叙说我的朋友与敌人在我死后有何话说,不久即可脱稿,因我每日添加两行,删削四行,修改八行。"诗成后未即发表,第一版刊于伦敦,一七三九年,未得作者许可,原文约三分之一以及作者原注均被略去,因为刊行的人恐怕开罪当道而受连累之故。同年都柏林又有一版本刊行,仍不完善,但已较为忠实。有若干处作者原意不明,有待于后之编者的悉心编纂。最谨严的重纂本是 H. Williams 的,见《斯威夫特诗集》卷二。

诗人大概都很旷达,所以不讳言死,有些人常自撰墓铭,但是像斯威夫特之写长篇自悼诗者却不多见。斯威夫特此诗在标题下有两行小字，说明此诗之缘起系读到法国格言作家拉饶施福谷的一句格言有感而作，格言是这样的："在我们的知交遭受困难之际，我们会发现一点什么，可使我们并不感觉难过。"幸灾乐祸是人性的一部分，谁也免不了，纵然不形之于色，内心里总不免要兴起"我多幸运，这灾祸没有发生在我头上"之感。所以斯威夫特预料自己死后他的朋友与敌人都不免有话要说。照例，人死之后专说好话，在他生时舍不得说的赞美之词一定要在他的耳朵听不到的时候才毫不吝啬地讴颂出来。不过也不一定永远如此。有些怀有敌意的人，就是在一个人已经盖棺之后也还饶不了他，在死人身上戳几刀也觉惬意。斯威夫特是一个极敏感的人，这一切他早料到，所以，与其让别人在身后说三道四，倒不如自己把那些悦耳的与逆耳的话先说出来。英国十八世纪是一个党争甚烈的时期，几乎没有一个文人不卷入派系斗争的旋涡里去。斯威夫特一生在这旋涡里翻滚，他的讽刺的文才就是这样培养出来的。

讲到讽刺，斯威夫特也有他的分寸。他借了一个朋友的口说：

也许我应该承认，

堂长血脉里有太多讽刺的成分，

他好像决意不要它消乏,
因为没有哪个时候比如今更需要它。
但是他从来没有恶意,
他打击罪恶,总把姓名隐起。
没有任何个人会表示不满,
因为有成千上万的人同样受谴。
他的讽刺不指向任何毛病,
除非是大家都可加以改正;
有一种人他最厌恶,
明明是谩骂,偏说是幽默……

换言之,他的讽刺是以认事不认人为原则的。这是一个理想,讽刺罪恶而能保持温柔敦厚的气度,是很难的。谩骂与幽默其间的差别有时也是颇为微妙的。斯威夫特死后,遗产捐给公家用以兴建一所疯人院,这是他一生中最后一次幽默作风的表现。

他捐出他的小小的资产,
去建立一所疯人院,
他用这样一个讽刺的手法,
说明这个国家最迫切地需要它。
……

其实斯威夫特毕生为自由而奋斗，领导爱尔兰人反抗英国的压迫，那锲而不舍的精神也可以说是疯狂的。他最大的一项贡献是以纱布商 W. B. Drapier 的假名写五篇公开函反对半便士铜币的发行，这铜币是由一个名叫 Wood 的人在英国以贿赂方式取得铸造特权，如果得以发行则爱尔兰的金银全被剥夺，其害甚大。斯威夫特这一举动，功在国家。英爱两国政府各悬三百镑重赏缉拿该函作者，时爱尔兰人无人不知其作者为斯威夫特，但没有一个人为贪求赏金而告密。关于此事，斯威夫特颇为自负，念念不忘：

因为"自由"是他唯一的口号；
为了她，他准备随时死掉；
为了她，他曾勇敢地独立，
为了她，他常暴露了自己。
两个国家，由于党派倾轧，
都曾悬赏来查缉他；
但是找不到一个肯出卖他的人，
为了那六百镑的赏金。

斯威夫特一方面尽管是热情奔放，另一方面却是冷静得出奇，他临文非常沉着，他看准了一个问题的核心所在，不慌不忙，抓紧了那个中心概念，然后使用他的绝招——

反语,毫不留情地予以针砭!对于他的文笔他有自知之明:

> 他好用反语,而态度谨严,
> 暴露愚冥,打击凶顽;
> 别人的牙慧他从不拾取,
> 他所写的都是他自己的。

所谓反语,即是字面上的解释与作者真实的意向正好相反的话。明明是恭维,实际是挖苦;明明是斥责,实际是颂扬。他的散文《一个小小的提议》——提议把爱尔兰的孩子宰了给英国地主们吃掉以解决饥荒,便是最佳的反语文学作品之一例。他怨恨他的朋友阿布兹诺:

> 阿布兹诺不再是我的友人,
> 他胆敢使用反语行文,
> 那乃是由我把它引入,
> 首先加以改进,展示它的用途。

这不是嫉妒,这是一方面称赞朋友,一方面又十分自负。

约翰逊的字典

约翰逊的英文字典刊于一七五五年,除了在规模较大的图书馆里,现在很少人有机会看见这部字典的原貌,但是这部字典有其不可磨灭的位置。我幼时在教科书里读到约翰逊致柴斯菲德伯爵书,即心仪其人,后来读了麦考莱的《约翰逊传》,得知其生平梗概,越发对他向往。近年来我与字典编纂的工作结了不解之缘,深知其中甘苦,对于约翰逊的字典遂有较为深入的了解。我从书架上取下这部一七五五年出版的字典的复制版,展开来看,原书面貌丝毫不爽,纸是黄的,墨色是暗淡的,字形是粗陋的,古色古香,但是我面对着二百多年前的外国的这位前贤的力作,不胜敬服,感慨万千。

约翰逊这个人,很不平凡。他的一只眼差不多瞎了,另一只患极度近视。脸上有疤,皮肤患有瘰疬。虽然经过女王触摸亦未治愈。时常口中念念有词,自言自语,有时用舌端舔着口腔上腭突然向后一抽，发出母鸡似的咯咯声，有时用舌端突然向外一吐作嘟嘟声，有时和人争论之后仰天吐一口大气如鲸鱼喷水。走路先抬左脚或右脚都有一定，走到门口一共多少步也有一定，如果错了需要回转重新走过。他头向右歪斜，身躯前后摇动，手掌不断地搓着膝头，他声若洪钟，他衣裳褴褛，他鞋底上尽是污泥，他吃起东西来狼吞虎咽，油渍可以溅到旁边客人身上。与贵妇同席，可以忽然蹲伏到桌底下偷偷地剥落一只女人鞋。他体格强健，膀大腰圆，有人说他应该以"脚行"为业，他在剧院发现他的座位被人占据而勃然大怒时把那个人连人带椅一起掷到楼下去！约翰逊就是这样的一个怪人。可是他为人正直，心地忠厚，自奉甚俭，而家里却养着一大堆闲人。他的妻子比他大廿岁，肥头大耳，而伉俪情感甚笃。他读书涉猎很广，对于希腊罗马的古典文学作品寝馈尤深，谈话时口若悬河，为文亦气势磅礴。文学家以作品行世，克享大名历久弗衰，唯约翰逊异于是。他是以他的特立独行的人格彪炳千古，并不靠任何一部著作。在十八世纪下半叶，他真的是称得起"文坛盟主"。一七六四年间成立的"文学社"，那是历史上罕有的风云际会的结合，一共九个人，每星期在酒店中聚餐一次，晚七时起，夜深始散，其中包括演员加立克，画家雷诺兹，诗人、小说家高尔斯密，戏剧家谢立敦，政治家柏尔克和他的传记作家鲍斯威尔，而约翰逊实为其中之灵魂。他的一生行谊，他的作品所表现出来的道德的严肃性，使得他成为一个令人敬爱的不朽的人物，他最初成名的作品便是他的字典。我们现在谈谈他的字典，仍然是颇有兴会的事。

<u>文人自古与穷结不解之缘</u>。约翰逊一生潦倒，一起始即沦为文丐。字典是几个出版家提议约请他编的，创议的是书贾道兹雷。在那个时代以一个人的力量编一部字典，是太不容易的事。原计划是以三年为期，事实上是七年才得竣事。鲍斯威尔记载有一位亚当博士自始就怀疑他能在三年之内完成，他提出疑问说："先生，你三年怎能完成呢？"约翰逊说："我毫无疑问三年可以完成。""但是法兰西学院有四十位院士，他们合编一部字典用掉四十年的工夫。"约翰逊的回答是："先生，确是如此。比例是如此的。让我来计算一下：四十乘四十，是一千六百，正是一个英国人对一个法国人的比例。"约翰逊是何等的自负！事实上编字典是他煮字疗饥的手段。约翰逊在二十六岁时结婚，生活一直狼狈，他希望能从这部字典上得到经济上的帮助。编工具书是吃力不讨好的工作，好人不愿意做，坏人做不好。约翰逊若非不得已，不会接受这样的工作。他的字典于一七五五年四月十五日出版，他的老妻于三年前逝世，他认为最大的悲哀之一便是他的老妻贫苦多年未及亲见字典出版分享他的荣誉。书贾给他的报酬是一千五百基尼，合

一千五百七十五镑，雇用助手抄写费用均需从这笔款项中支出，约翰逊的"三年期限"估计错误，拖延到七年之久，其间陆续动用稿酬贴补家用，到了字典出版之时实际已多支了一百余镑之数，翌年且有两度因债被捕入狱，字典给他的经济帮助究竟有多大可想而知。这真是文人的可怜的遭遇。

约翰逊的字典不是英文的第一部字典，但是在规模上、在分量上、在实质上不愧为第一部重要的字典。最早的英文字典当推一六二三年考克拉姆的字典，虽然在一六二三年以前不是没有性质近于字典的辞书。约翰逊的字典里收的单字大多数是采自前人的字典，但其余的部分都是他自己从各项书籍里检出来的。他的书架上有上千种的书，供他检寻单字。他要从各个作家的书里找出每个字的重要用法的例句。他主要参考了三本字典：

（一）倍来的英文字典（一七二一年本）

（二）安斯渥兹的拉丁字典（一七三六年本）

（三）菲利浦斯的英文字典（一六五八年本）

他所参考的书籍，从而摘取例句的书籍都是复辟时代（一六六〇年）以前的作品。他用黑铅笔在借来的字典上及其他书籍上画了记号，然后由缮写员誊录。誊录时在每个单字下面预留空白，由约翰逊填写定义。他共雇用了六名缮写人，其中五人是苏格兰人，都是穷寒之士，后来得约翰逊之恩惠不少。

这部字典的正式标题是："英文字典：所收单字均溯及字源，并从优秀作家采取不同意义之例句。卷首弁以英国文字史及英文文法各一文。"从这标题亦可推测出这部字典的性质。共两册，对折本，定价九十先令，于一七五五年四月十五日在伦敦出版。英国博物院现藏有三部。以后重版多次，第四版（一七七三年）曾经修正，第八版（一七九九年，四开本二册）及第九版（一八〇五年，八开本四册）亦有改正。但以最后的第十版为最佳，一八一〇年出版，四开本二册。一八一八年陶德之改编本出版，内容颇有增益，较原作多出数千字。以后续有删节本、续编本、翻译本、改编本出现，不胜枚举。原本字典，序占十页，英国文字史占二十七页，英文语法占十三页。

这部字典在当时可以说是搜罗宏富,定义精审。以著《英国文明史》闻名的巴克尔曾读这部字典以求多识字；诗人勃朗宁也曾熟读这部字典。读字典是不足为训的读书方法,在从前或许不失为一种方法。卡莱尔在《英雄与英雄崇拜》里说："假如约翰逊的作品只留下一部字典，我们也可看出他是一个智力伟大而又实事求是的人。试看他的定义的清晰，内容的坚实、诚恳、透彻，以及其成功的方法，这部字典便可认为是最好的一部了。"

约翰逊最大的短处在于字源方面，因为他不是文字学家，科学的文字学研究在十八世纪还不曾出现。据鲍斯威尔的记载，约翰逊的书架上有朱尼阿斯与斯金纳的书，这两个人都是十七世纪的英国学者，写过关于字源学的书，显然约翰逊对于文字学的知识是不够的。不过此外还另有一个缺点，他时常不能抑制自己的情感与偏见，在定义上露出主观的见解，有时且流于滑稽讽刺。例如：

燕麦——在英格兰通常用以饲喂马的一种谷类，但在苏格兰供人食用。

恩俸——对不做任何等值的服务者之酬金。在英格兰通常认为是对国家雇员之背叛国家者所给付之薪水。

领恩俸者——一个国家的奴才，受雇支薪，以服从其主人者。

编字典者——编写字典的人，一个无害的文丐。

进步党——一个小派系的名字。

骸骨——马的膝盖。

"燕麦"的定义表示他对苏格兰人的厌恶，但是事实上他有好多朋友是苏格兰人，包括鲍斯威尔在内，可见约翰逊这人嘴硬心软。关于"恩俸"两条定义，在后来他自己也领取恩俸的时候（一七六二年），使他感到很尴尬。"编字典者"的定义含有无限辛酸。"进步党"是他所痛恨的，所以不惜加以那样的一条定义。"骸骨"的定义显然是错误的,有一位夫人问他何以要下这样的定义,他回答说:"无知,夫人,由于纯粹的无知。"

最后要谈到约翰逊与柴斯菲德的一段关系。在约翰逊的时代,教育尚不普及,读者因之很少,以写作为职业的人无法以出卖作品的方法得到充分的经济报酬,所以保护人制度一直存在。富有的贵族,是最适当的保护人,把一部分作品奉献给他,使他得到名誉,他对作家予以经济上的照拂,这可以说是在不得已的情形下的一种交易行为。约翰逊是一个贫穷而高傲的人,从来不曾有过保护人,他年轻的时候,他的鞋子破得露出了脚指头,有人悄悄地放一双新鞋在他门前,他发现之后一脚踢开。他受不了人家的恩惠。他编这部字典,受了生意人的怂恿,把字典的"计划书"献给了柴斯菲德伯爵。柴斯菲德伯爵是当时政界显要,曾出使海牙,做过爱尔兰总督,并且是一个有才学的人,他最著名的著作是写给他的一个私生子的《书翰集》。约翰逊,像其他穷文人一样,奔走于柴斯菲德门下,受到他的接待,并且获得小小数目的资助,但是没有得到热烈的欢迎。哪一个贵族家庭愿意看到他们的地毯被一只脏脚给污损呢?约翰逊去拜谒伯爵的时候,门人告诉他伯爵不在家,他恼了。据近代学者研究,柴斯菲德有点冤枉,他很忙,把他疏忽了是可能的,但并无意侮辱他。字典将近出版的时候,柴斯菲德从书商道兹雷那里得到了消息，立刻写了两篇文章称赞约翰逊的勤劳，登在一七五四年十一月二十八日及十二月五日的两期《世界报》上。可能这完全是出于善意，不料竟惹起了约翰逊的愤怒，使得约翰逊于一七五五年二月七日给柴斯菲德写了那封著名的信：

伯爵大人阁下：

　　近承《世界报》社长见告，介绍拙编字典之两篇文字乃出自阁下之手笔。愚过去从无受名公巨卿垂青之经验，今遇此殊荣，诚不知如何接受，何词以谢也。

　　忆昔在轻微鼓励之下，初趋崇阶，余与世人无异，窃为阁下之风度所倾倒，不禁沾沾自喜，自以为"世界之征服者"亦不过如是矣；举世竞求之恩宠，余从此可以获得矣；但余之趋候似不受欢迎，自尊与谦逊之心均不许我继续造次。昔曾公开致书阁下，竭布衣之士所能有之一切伎俩以相奉承。余已尽余之所能为；纵微屑不足道，但任何人皆不愿见其奉承之遭人轻蔑也。

　　阁下乎，自余在尊府外室听候召见，或尝受闭门羹之滋味以来，已七年于兹矣！在此期间，余备尝艰苦，努力推进余之工作，终于将近杀青，曾无一臂之助，无一言温勉，无一笑之宠。此种遭遇非余始料所及。因余以前从无保护人也。

维吉尔诗中之牧羊人终于认识爱情之真面目,发现爱情乃如山居野人一般之残酷。

所谓保护人者,阁下乎,岂见人溺水做生命挣扎而无动于衷,方其抵岸乃援以手耶?今谬承关注余之艰苦工作,设能早日来到,则余受惠不浅矣。但迟迟不来,今则余已不复加以重视,无从享受;余已丧偶,无人分享;余已略有声名,不再需要。对于不曾从中受益之事不表感激,关于上天助我独力完成之事不愿世人误以为得力于保护人,此种态度似不能视为狂傲无礼也。

余既已进行工作至此阶段,曾无任何学术为人眷顾,则于完成工作之际如遭受更少之眷顾,假使其为可能,余亦将不觉失望;因余已自大梦初醒,不复怀有希望,如往昔之怀抱满腔热望,自命为

阁下之最低微最忠顺之门下士
约翰逊

这一篇文情并茂的文字一直被后人视为近代文人的"独立宣言"。因为这是最富有戏剧性的对于保护人制度的反抗。此后保护人制度即逐渐被社会的广大读者所代替。作家不必再看保护人的眼色,但是要看读者大众的眼色!这一封著名的信直到一七九〇年鲍斯威尔才把它正式发表,售价半基尼。

桑福德与墨顿

儿童读物除了具备高度趣味之外，总不免带有教育的意义，或是旨在益智，或是注重道德修养。过去的儿童读物有些特别成功的，流传至今，成为经典，其所描写必定是千古不变之人性，纵然其故事部分情节或已成明日黄花，其中议论或有不合现时潮流之处，但趣味犹存，无伤大雅。读十八世纪英国的一部小说《桑福德与墨顿的故事》(*The History of Sandford and Merton*)，作者是陶玛斯·戴 (Thomas Day)，深觉一部作品之禁得起时间考验，必有其永恒之价值。

陶玛斯·戴是伦敦人，一七四八至一七八九年，出身牛津及中殿法学院，毕生致力于道德的与社会的改革运动。其最著名的作品便是一七八三至一七八九年出版的《桑福德与墨顿的故事》，好像是专为儿童阅读的，虽然他没有打出"儿童文学"的旗号。

英国西部有富翁墨顿者，在牙买加岛拥有巨产，雇用奴工种植甘蔗，仅有一子陶美，钟爱异常。陶美在奴仆环侍之下养成骄奢狂放的恶习，其母又溺爱不明，不使读书，任其随心所欲。贪食致病，不肯服食药饵，亦听之。在宾客面前毫无礼貌，跳踉恣肆，有一回几被一壶沸水烫死。身体羸弱，弱不禁风。陶美六岁时返回英伦，四体不勤，读、写、算一概不通，而骄傲使气，无一是处。墨顿家附近有一诚实农人，姓桑福德，亦有一独子，名哈利，与陶美年相若，哈利奔驰田野，体健活泼，性情良善，特富同情心，有时泽及动物，地上昆虫亦避免践踏。乡村牧师巴娄先生特喜爱之，教以读写，提携备至。哈利养成不打诳语之习惯，而且不贪食。食取果腹，饱食之后虽糖果当前亦不顾。一偶然之机会使此身世性格全然不同的两个孩子聚在一起。一日夏晨，陶美与女婢在乡间采花捕蝶为戏，丰林长草之间忽然巨蛇缠在陶美腿上，二人惊骇欲绝，不知所措。哈利适过其地，乃奋勇抓住蛇颈，掷之于数步之外，陶美得免于难。墨顿夫人等闻讯而来，对哈利·桑福德深表感激，乃邀至其家，款以饮食。哈利初入豪富之寓邸，所闻所见无不新奇，然不为之眩，以为金杯银盏不及农家牛角杯之禁得起磕碰。饭后饮酒，哈利又拒之，盖受巴娄先生之教，非渴勿饮，非饥勿食。墨顿夫妇大异之，以为哈利在巴娄教导之下深明道理，俨然哲学家之口吻，乃有送陶美亦去受教之意。哈利回家之后，以经过告知乃父，力言富室之家不及农舍之舒适。

墨顿夫人虽认为哈利豪爽善良，但嫌其粗鲁，觉得中下层社会之子弟究竟不如时髦人士家中子弟之高雅；墨顿先生的想法不同，<u>他认为仪表风度无关宏旨，且容易学习，真正的文质彬彬的君子应有高尚的情操、出众的勇敢，益以真诚的礼貌</u>，于是他决定送他的陶美到巴娄先生处受教育，并且造访桑福德，请以哈利为陶美之读书伴侣，哈利之一切食宿费用由他负担。巴娄先生初则谦逊不遑，后来终于接受了他的请求。翌日正式教学，第一桩事是巴娄先生持铲，哈利持锄，在园圃做工。"要吃东西，就要帮助生产。"陶美也分得一畦地，而陶美说："我是绅士，不能像农夫似的做苦工。"巴娄先生也不勉强他，但是巴娄完工之后和哈利食樱桃，没有他的份，陶美哭了。等到吃晚饭的时候，也没有他的份。哈利于心不忍，把自己的食物分给他吃。

翌日，巴娄先生和哈利又上工做园艺，陶美自动要求也要一把锄。他不会使用，屡次砍了自己的腿，巴娄先生教他如何挥动锄头，不久他就会了。工作完后一起吃水果，陶美胃口大开，其快乐为生平所未有。巴娄要他读个故事给大家听，他又窘了，他不能读，只好由哈利来读。陶美因此发愤，请哈利教他读，由识字母起进展很快，不久读故事已能朗朗上口，巴娄先生亦为之欣喜不已。陶美得意忘形，自以为知识已丰，巴娄先生诫之曰："若无人帮你，你一无所知，即使是现在你亦所知甚少。"

陶美非驽，学习很快。但是他对贫苦的人傲慢无礼，有一次吃了苦头。他击球落于篱外，适有衣衫褴褛的儿童经过，陶美以命令的口吻令他拾捡起来。童子不理，遂生口角。陶美大怒，跃过篱笆欲饱以拳，不料下临泥沟，陷入污泥而不能自拔，赖童子援手始得出困，浑身泥染，狼狈不堪。

陶美和哈利合作造一间茅舍，初则风吹壁倒，继则雨水渗漏，他们不气馁努力改善，深深打桩以固墙基，无虞风暴，屋顶倾斜使不积水，即可不致渗漏。

有一天，陶美的父亲突然来接他回家，陶美已完全变成了一个新人，他哭哭啼啼地说："我过去累及父母，实在不配享有那样的爱。"桑福德先生也来了，墨顿把他拉在一旁，除了申谢之外他以数百镑的钞票作为赠礼，桑福德坚不肯受，而墨顿则坚求其收下。陶美临别时对哈利说："我不会和你离别太久的，我如有寸进皆是由于你的榜样。你教导了我，做一个有用的人比富有或华丽好得多，做一个好人要比伟大的人好得多。"

故事的梗概约略如此，其中还穿插着若干短篇故事。这部小说在当时流行很广，许多父母教导儿女："读你们的《桑福德与墨顿》去！"显然这部小说是受卢梭的教育小说

《爱弥儿》的影响，但是在自由主义的教育精神之外，又加上了道德教训，这就是英国民族性和法国民族性不同的地方。

《造谣学校》

　　好的文学作品，不分古今中外，亦不拘是否反映了多少的时代精神，总是值得我们阅读的，谢立敦（今译作谢立丹）的《造谣学校》(Sheridan: *The School for Scandal*)即为一例。

　　谢立敦是英国的戏剧作家，生于一七五一年，卒于一八一六年，原籍爱尔兰。英国有许多喜剧作家都是爱尔兰人。爱尔兰人好像是有俊俏幽默的民族性，特别宜于刻画喜剧中的人物。《造谣学校》是他的代表作，布局之紧凑，对话之幽默、俏皮、雅洁，以及主题之严肃，均无懈可击。上承复辟时代喜剧的特殊作风，下开近代喜剧如萧伯纳作品的一派作风，全属于"世态喜剧"的一个类型。

　　《造谣学校》主要布局是写两个性格不同的弟兄，弟弟查尔斯是一个挥霍成性的浪荡子，但是宅心仁厚禀性善良；哥哥表面上是循规蹈矩、满口仁义道德的文质彬彬的君子，实则是贪婪伪善的小人。经过几度测验，终于露出了本来面目，显示了无所逃遁的真形，其间高潮迭起，趣味横生，舞台的效果甚好。像这样的布局，在戏剧中并不稀罕，但是背景的穿插布置颇具匠心，所以能引人入胜。最能令人欣赏的不是戏中所隐含的劝世的意味。戏剧不是劝善惩恶的工具，戏剧是艺术，以世故人情为其素材，固不能不含有道德的意义，但不必有说教的任务。此剧最有趣味的地方之一应该是司尼威夫人所领导的谣言攻势。此剧命名为《造谣学校》，作者寓意所在，亦可思过半矣。

长舌妇是很普遍的一个类型，专好谈论人家的私事，嫉人有、笑人无，对于有名望有财富有幸福生活的人们，便格外地喜欢飞短流长，总要"横挑鼻子竖挑眼"地找出一点点可以訾议的事情来加以诽谤嘲笑，非如此则不快意，有时候根本是空穴来风，出于捏造。《造谣学校》一剧有很著名的一例：

有一晚，在庞陶太太家里聚会，话题转到在本国繁殖诺瓦斯考西亚品种羊的困难。在座的一位年轻女士说："我知道一些实例，丽蒂夏·派泊尔小姐乃是我的亲表姐，她养了一只诺瓦斯考西亚羊，给她生了一对双胞胎。"——"什么！"丹狄赛老太婆（你知道她是耳聋的）大叫起来："派泊尔小姐生了一对双胞胎？"这一错误使在座的人哄堂大笑。

可是，第二天早晨到处传言，数日之内全城的人都信以为真，丽蒂夏·派泊尔小姐确实生了胖胖的一男一女；不到一星期，有人能指出父亲是谁，两个婴儿寄养在哪个农家。

谣言是这样的，有人捏造，有人传播，传播的时候添油加醋，说得活灵活现，听的人不由得不信，说派泊尔小姐生了双胞胎，这还不够耸动，一定要说明其细节才能取信于人，所以双胞胎是一男一女，生父是谁，寄养在什么地方，都要一一说得历历如绘，不如此则不易取信于人，这是造谣艺术的基本原则之一。再如一个女人的年龄永远是一项最好的谈论资料。如果一个女人驻颜有术，则不知有多少人千方百计地要揭发她的真正年龄，种种考据的方法都使用得上，不把一位风姿绰约的女人描写成一个半老徐娘则不快意。如果一个女人慷慨豪迈，则必有人附会一些捕风捉影的流言，用一些谰言①套语，暗示她过去生活的糜烂。对女人最狠毒的诽谤往往是来自女人。《造谣学校》里的几位夫人、太太是此道的高手。捏造谣言的，其心可诛；传播谣言的人，其行亦同样的可鄙；而假装正经表面上代人辟谣，实际上加强诬蔑者，则尤为可哂，例如《造谣学校》中的坎德尔夫人即是。彼特爵士说："当我告诉你她们诽谤的人是我的朋友，坎德尔夫人，我希望你别为她辩护。"因

---

① 谰（lán）言：诬赖的话，没有根据的话。

为她越辩护，越加深了那诽谤的效果。

彼特爵士说："上天做证，夫人，如果他们（国会）以为戏弄他人名誉是和在花园里偷取猎物一样的严重，而通过一个'保存名誉法案'，我想很多人要因此而感谢他们。"司尼威夫人说："啊，主啊，彼特爵士，你想剥夺我们的权利吗？"彼特爵士说："是的，夫人，以后不准任何人糟蹋人的名誉，除了有资格的老处女和失望的寡妇。"这是讽刺。遏止谣言不能寄望于立法。我们中国有一句老话：流言止于智者。流言到了智者的耳里，即不再生存。可惜的是，智者究竟不多。

玛丽·兰姆

《莎士比亚的戏剧故事》是一本世界著名的书,许多人没读过莎士比亚的戏剧而读过这本故事。著者是玛丽·兰姆与查尔斯·兰姆。玛丽是姐姐,比查尔斯年长十一岁,一七六四年生,比他晚死十三年,一八四七年卒。姐弟二人合著这一本书,也是偶然的。他们的朋友高德文主编一部青年丛书(*Juvende Library*),约他们参加一本著作,所以这本书有一个副标题"为年轻人而作"。里面包括莎士比亚的二十部戏,其中六部悲剧的故事是查尔斯所作,十四部喜剧故事是玛丽的手笔,英国历史剧和罗马剧以及另外两部喜剧则付阙如。在前几版中玛丽的名字未列在标题页上,虽然她出力较多,而且查尔斯说她写得比他好。这本书刊于一八○七年,文笔雅洁,保存了不少原剧的字句,而且还时而以不触目的笔调指点出一些道德的教训,所以出版后广受欢迎。我国最早有关莎士比亚的书就是这部书的中译本，好像是林琴南译的，书名是《吟边燕语》。

玛丽有遗传的疯病，查尔斯也有一点点。玛丽的情形比较严重，时发时愈，一七九六年她三十二岁，九月二十五日，病发不可收拾，竟至杀死了她天天陪伴同床睡觉的四肢瘫痪的老母亲。这段悲惨的经过，最好是看查尔斯写给柯勒律治的一封信——

我最亲爱的朋友——怀特或是我的朋友或是报纸在此际可能已经让你知道了我家发生的惨祸。我只要简单说一下：我的可怜的、可爱的、最可爱的姐姐，一阵病发，杀死了她自己的母亲。我就在近旁，只来得及从她手中夺过刀来。她目前在疯人院。上帝保全了我的神志：我吃、喝、睡，我相信我的判断还很健全。我的可怜的父亲略受微伤，我现在要照料他和我的姑母。基督医院公学的诺利斯先生对我们甚为关拂，我们没有别的朋友；但是，感谢上帝，我很镇定，能办善后之事。请尽量写富于宗教性的信，但别提已过的事。对我而言，"以前的事已属过去"，我要做的事多于我所要感受的。

愿上帝掌管我们的一切！

【附注】不要提起诗。我已毁弃那种一切的表面虚荣。你随你的便，如果你要发表，可以发表我的（我给你全权），但毋用我的名字或简名，也别送书给我，我求你。你自己的判断力会教你暂勿将此事告知尊夫人。你照顾你的家；我尚有足够的理性与力量照顾我的。我求你，不要起前来看我的念头。写信。你若是来，我不见你。愿上帝眷爱你以及我们所有的人！

这封信凄惨极了，关于玛丽发疯的情形写得不够详尽，是年九月二十六日伦敦的《晨报》(The Morning Chronicle)有较多的报道，其文如下——

星期五午后，验尸官及陪审员们检验霍尔邦区内一位妇人的躯体，她是于前一天被她的女儿杀伤致死的。

此前数日，家人已看出她疯狂的一些迹象，到了星期三晚上日益加剧，第二天早晨她的弟弟一清早就去请皮卡因医生——如果他遇到了那位医生，这场灾难就可能避免。

这位年轻的女士早年曾经一度发疯，由于工作过度疲乏所致。——她对母亲的态度一向极为孝顺，据说就是因为父母健康不佳需要日夜照料，所以才造成这位不幸的年轻女士这次的疯狂。

有些早报说她有一个疯了的弟弟也在疯人院里——这是不实的。

陪审团当然做了判决，疯狂。

根据所举证据，情形是这样的：家人正在准备晚餐之际，这位年轻小姐抓起桌上放着的一把原来带鞘的餐刀，以威吓的态势追逐一个小女孩满屋跑，小女孩是她的学徒（玛丽在家收学徒为人缝制衣服贴补家用），她的瘫痪不能行动的母亲急叫她不要这样，她放弃原来追逐的目标，尖叫一声扑向她的母亲。

那孩子的叫嚷声惊动了这家的男主人，但是晚了一步——母亲在座椅上已经没有命了，她的女儿手持致命的刀茫然地站在旁边，那个老迈的人，她的父亲，额上也淌着血，是因她满屋乱抛叉子而受到重重一击之所致。

疯狂者犯罪不处刑，玛丽在疯人院住了一阵也就没事了。但是，她清醒的时候，她不能没有记忆，她比查尔斯多活了十三年，直到一八四七年才逝世，这漫长的岁月她是怎样过的！哈兹利绝口称赞她，说她是他所见到的最聪明最理智的女性。惨剧发生的时候，查尔斯只有二十三岁，他哥哥约翰主张把玛丽长久地送进疯人院，一了百了，但是查尔斯不肯，他坚决在家里服侍姐姐，自己一生未娶，这份牺牲奉献的精神伟大极了。看查尔斯的小品文，温柔细腻，不难想见其为人。人生苦痛，谁也不免，而凄惨酷烈乃一至于斯！

尘 劳

尘劳纠缠我们太甚；夙兴夜寐，
赚钱又挥霍，我们浪费了精神；
自然界使我们赏心悦目的事物很少；
我们抛弃了心，真是不合算的买卖！
向月亮袒露胸怀的大海；
那无时不在的怒吼而现在没有声音，
像睡花闭拢起来似的狂风阵阵；
这一切，我们都觉得合不来；
它不能感动我们。——神啊，我宁愿
是古老教条抚养大的异教徒一个；
以便伫立在这愉快的草原，
瞥见一些什么，减少我的寂寞；
看普洛提阿斯自海中涌现，
或是听老特莱顿吹他的海螺。

这首十四行诗是华兹华斯一八〇六年左右作,也许是他前前后后所作约五百首十四行诗中之最为人所熟悉者。第一行是 The world is too much with us,即以为题,人生苦短,整日为名缰利锁所牵,连大自然的良辰美景都不能享受,真是何苦来哉!华兹华斯反对过度地追求物质享受,主张归真返璞,宁愿做一个原始的异教徒!其实古今中外的文人雅士没有不向往山林的。苏东坡诗"朝来挂笏看西山",典出《世说新语》,王子猷以手板拄颊,自言自语地说"西山朝来,致有爽气",言其在从政时并不忘情于自然之欣赏。

　　十四行诗格局谨严,在趣味上有一点点近似我们的律诗,一样有起承转合,只是没有对仗。华兹华斯作诗,主张使用日常言语,常常不是模仿民谣形式,便是以无韵诗行写成所谓的"谈话诗",有意地打破新古典派的法则。但是在另一方面他喜欢写十四行诗,为弥尔顿以降,最大的十四行诗作者之一。这原因是华兹华斯究竟是一个艺术家,"征服困难"永远是一件乐事。能熟练运用文字的作者,还能怕音节的规律和韵脚的束缚吗?能作古典诗,才有资格谈新诗;能作新诗,才有资格谈古典诗。华兹华斯并不矛盾。十四行诗与歌谣体各有千秋。

　　四十多年前,我们的白话诗尚在萌芽时代,闻一多、徐志摩试行采用西洋诗的形式,尤其是闻一多译了勃朗宁夫人若干首"葡萄牙人的情歌",又作了几首"商籁",无非是偶然兴至。我当时就觉得此路不通。尤其是"商""桑"不分,"籁""耐"不分,听起来就别扭,可是"商籁"二字居然也有人沿用不误。有人嘲笑之为"戴着镣铐跳舞",这也是不懂西洋诗的艺术者的皮相之论。只要舞得美,戴了镣铐又有何妨?中国文字和西洋文字不同,十四行诗生吞活剥地在中文诗里出现,难以成功,且亦无此必要。诗必须根据自己的传统寻求创新,外来的精神与形式不是可以不加选择即予采纳的。看华兹华斯之推崇十四行体,也是念念不忘西洋诗的传统的成就。下面是他一八二七年作的一首十四行诗:

莫轻视十四行诗

莫轻视十四行诗:批评家,你忘了
它的光荣所以才皱眉;用这把钥匙
莎士比亚打开了他的心房;这小小的
琵琶的乐声曾安抚皮特拉克的烦恼;
用这笛子塔索吹出过千遍的歌调;
卡模昂在流亡中也用它来消遣,
但丁的花冠覆在他的冥想的额前,
十四行诗也曾在那柏叶之间照耀了

一片欢乐的叶子:是萤火的微光,

鼓舞了风流的斯宾塞,把他从仙境唤醒,

来和寂寞奋斗;一旦无情的沮丧

包围了弥尔顿的前程,在他掌中

这东西竟变成喇叭;他借以吹叫

惊心动魄的音调——哎呀,可惜太少!

拜　伦

三年前在美国《新闻周刊》上看到这样一条新闻：

且来享受醇酒妇人，尽情欢笑；
明天再喝苏打水，听人讲道。

这是英国诗人拜伦（1788-1824）的诗句，据说他不仅这样劝别人，他自己也彻底接受了他自己的劝告。他和无数的情人缱绻，包括他自己的异母所生的妹妹在内，许多的丑闻使得这位面貌姣好头发鬈曲的诗人死后不得在西敏寺内获一席地，几近一百五十年之久。一位教会长老说过，拜伦的"公然放浪行为"和他的"不检的诗篇"使他不具有进入西敏寺的资格。但是"英格兰诗会"以为这位伟大的浪漫作家，由于他的诗和"他对于社会公道与自由之经常的关切"，还是应该享有一座纪念物的，西敏寺也终于改变了初衷,在"诗人角"里安放了一块铜牌来纪念拜伦。那"诗人角"是早已装满了纪念诗人们的碑牌之类,包括诸多大诗人如莎士比亚、弥尔顿、骚塞、雪莱、济慈,甚至于还有一位外国诗人名为朗费罗的在内。

我当时看了这一段新闻,感慨万千,顺手译了出来,附上一篇按语,题为"文艺与道德",以应某一刊物索稿之命。刊登出来之后发现译文中少了"包括他自己的异母所生的妹妹在内"一语。拜伦的种种丑行已见宥于西敏寺的长老,我们中国的缙绅大夫似乎还以为那些乱伦的事是不可以形诸文字的!

乱伦的事无须多加渲染,甚至基于隐恶扬善之旨对于人的隐私更不要无故揭发。但是拜伦之事早已喧腾众口,近来我尚看到一本专书考证拜伦这一段畸恋的前因后果,书名为"拜伦的女儿",旁征博引,不厌其详,可是我终觉得是浪费笔墨。说来说去,不过是叙说拜伦于漫游欧陆归来之后,和他的异母所生的妹妹奥格斯塔如何地交往日密,以至于私生了一个女儿。当时奥格斯塔已嫁,嫁给了一位上校,名乔治·李,但是婚姻不幸,时起勃豀①。拜伦因同情而怜惜而恋爱,在拜伦心目中奥格斯塔是最美丽最纯洁的女子,可是他并不是不知道乱伦是一件严重的罪愆。他

---

① 勃豀:家庭中争吵。

有一首诗,题为"为谱乐的诗章"(*Stanzas for Music*),是写给奥格斯塔的,有这样的句子:

> 没有一个美貌的女人
> 有像你这样的魅力;
> 我听到你说话的声音
> 与水上的音乐无异。
> There be none of beauty's daughters
> with a magic like thee;
> And like music on the waters
> Is thy voice to me.

女性说话的声音往往最能打动男人的心。看这几行诗可以知道拜伦对他妹妹如何倾倒。但是下面几行诗充分显示这一段畸恋如何使他忐忑不安:

> 你的名字我不说出口,我不思索,
> 那声音中有悲哀,说起来有罪过:
> 但是我颊上流着的热泪默默地
> 表示了我内心深处的情意。
> 为热情嫌太促,为宁静嫌太久,
> 那一段时光——其苦其乐能否小休?

我们忏悔，弃绝，要把锁链打破——

我们要分离，要飞走——再度结合！

I speak not, I trace not, I breathe not thy name,
There is grief in the sound, there is guilt in the fame:
But the tear which now burns on my cheek may impart
The deep thoughts that dwell in that silence of heart.

Too brief for our passion, too long for our peace,
Were those hours——can their joy or their bitterness cease?
We repent, we abjure, we will break from our chain,
——We will part, we will fly to——unite again!

他感到悲苦，他意识到罪过，但是他于决定分手之际仍企望着再度的结合。拜伦与奥格斯塔生下了一个女儿，一直在拜伦夫人的照顾下，夫人是以严峻著名的女人，对奥格斯塔所生的孩子当然没有感情，但是对于这可怜的孩子却也给了多年的相当的抚养，不过二人之间的感情极不融洽，孩子认为没有得到她所应得的一份遗产，夫人觉得她忘恩负义。这可怜的孩子身世坎坷，一再被人欺凌失身，颠连困苦，终于流浪到了法国，最后和一个年纪相当大的法国农夫结婚，不久又成了孀居。关于这个孩子的苦难，无须详加叙述，令人不能溢于言者就是拜伦当初未能克制自己，铸此大错，始乱终弃，并且殃及后人！

拜伦的很多行为不能见谅于社会，所以他终于去父母之邦，漫游欧陆，身死他乡。"不是我不够好，不配居住在这个国家，便是这个国家不够好，不配留我住下来。"历来文人多为拜伦辩护，例如，在最重视道德的维多利亚时代，麦考莱有一篇文章评论穆尔（Moore）所作的《拜伦爵士传》，便有这样的话：

我们知道滑稽可笑的事莫过于英国社会之周期性爆发的道德狂。一般讲来，私奔、离婚、家庭纠纷，大家不大注意。我们读了轰动的新闻，谈论一天，也就淡忘了。但是六七年之中，我们的道德观念要大为激动一次。我们不能容忍宗教与礼法被人违犯。我们必须严守反抗罪恶的立场。我们必须训告一帮浪子英国的人民欣赏家庭关系的重要性。于是有一些运气坏的人，其行为并不比数以千百计的犯有错误而受宽容的人更为堕落，但被挑选出来成为示众的牺牲。如果他有儿女，便被强夺了去；如果他有职业，便被迫失业。他受较高阶层人士的打击，受较低阶层人士的奚落。事实上他成了一个代人受罚的人，借他所受的苦痛收惩一儆百之效。我们严责于人，沾沾自喜、扬扬得意地以英国高水准的道德与巴黎的放荡生活相比较。我们的愤怒终于消歇。受我们迫害的人身败名裂，伤心欲绝。我们的道德一声不响地再睡七年。

好像拜伦就是这样狼狈地被迫离开了他的祖国！事隔一百五十年，我们现在应该心平气和地做一更公正的论断。有一件小事值得提及，他走的时候并不狼狈，他定制了一辆马车，是按照拿破仑御用马车的形式复制的，极富丽堂皇之能事，他驱车渡海，驰骋于低地国家，凭吊著名的战场！拜伦对于拿破仑特有好感，室内摆着他的雕像，处处为他辩护，虽然对于他的残酷不是没有微言。"他的性格与事业无法不令人倾倒。"有人问拜伦当年风云人物有哪几个人，他回答说有三个，一个是花花公子 Beau Brummell，一个是拿破仑，一个是他自己！这倒也并非完全是吹嘘，十九世纪的前四分之一，拜伦在英国以及欧陆的名气确是震烁一时的。

作为一个诗人，拜伦的隆誉现在显然地在低落。文人名世，主要的是靠他的作品的质地。拜伦的诗好像是多少为他自己的盛名所掩。不过，在西敏寺给他立一块铜牌，他还是当之无愧的。

后 记

奥格斯塔是拜伦的异母所生的姐姐，不是妹妹。我所以有此误，不是由于写作匆忙，也不是由于记忆错误，纯粹的是由于无知。英文 sister 一词，可姐可妹，我就随便地写成妹妹了。承读者黄天白先生为文指正，我非常感谢。

沙　发

　　诗的题材，俯拾即是。而且并没有什么雅俗之分，端视作者的想法与手法是否高雅而已。雅的题目可能写得很俗，俗的亦可能写得很雅。

　　沙发，一俗物耳，何尝不可入诗？

　　英国十八世纪末诗人古柏（William Cowper）有一首诗，题目就是"沙发"。他写完《沙发》之后，接连又写了五首，《时钟》《花园》《冬夜》《冬晨散步》《冬午散步》，六首诗于一七八五年合刊为一集，集名为《任务》(The Task)。诗人在序言里说：

　　下面诗篇之写作过程简述于后：有一位女士喜爱无韵诗，要作者以此诗体试写一首，并指定题目为"沙发"。他遵命；适闲来无事，乃以另一主题系于其后；随兴之所至信笔写去，起初只想写一琐细小诗，终乃认真从事成为一卷。

事实经过颇为有趣。古柏所谓"一位女士"是奥斯登夫人，她屡次请他试写无韵诗，有一天他说："如果你给我一个题目，我就写。""啊，你可以写任何题目，"她说，"就写这张沙发好了。"于是他就写了这首诗，其实题目和内容并不相称，作者自己也知道。把约翰·吉尔宾的故事讲给他听的也是这一位奥斯登夫人，他听了之后一夜未睡，写成了那首著名的《疯汉骑马歌》。古柏的诗集刊行后，有人批评其标题"任务"二字为不当，他曾辩白说（见《书翰集》第一八四）：

讲到这标题，我认为是再好不过。一部书包括了这么多的不同的题目，而其中又没有一个是主要的，要想寻一个能概括一切的标题，乃是不可能的。既然如此，引用此诗之所由产生的情况以为标题，似乎是必然的了；我所做的固已超过了所指定的任务，我觉得"任务"一词仍不失为一适当的标题。一座房子总归是一座房子，纵然造房者造出了一座房子比他预计大出了十倍。我大可以仿星期日报纸的例，称之为《杂俎》（Olio）但是那样做实在对我自己不起，因为此集花样虽多，自信尚不杂乱。

这首《沙发》长达七百七十四行，开端是这样的：

我歌咏沙发。我最近歌咏过
"真理""希望"与"慈善",以惶恐的心情
触过庄严的琴弦,以战栗的手
努力逃离了那探险的翱翔,
如今要休息一下写个平凡的题目;
题材虽然平凡,而情况仍然是
庄严可傲的——因为这是美人之命。

紧接着古柏就叙说沙发之历史的演变。首言古代的祖先,没有服装家具,睡在岩石或沙滩之上,随后创制了粗笨简陋的三脚石板凳,演进而为橡木制大坐凳。终于三只脚变成四只脚,座位上铺了软垫,覆以彩色的织锦。印度传进了藤,藤条编成了椅,椅背挺直,坐上去不舒适,座位又滑,坐上去不安稳,两足悬空,踏不着实地。抱怨最多的是女性,于是有靠背与扶手之双人长椅乃应运而生。一点点地进步而成为今日之沙发。

沙发宜于患关节炎者所享用(现代医学主张患关节炎者不宜坐沙发,而宜于坐高背硬椅),但是诗人说,宁愿牺牲这种享受,不愿患关节炎。诗人说,他一向爱的是散步于乡间青草铺垫的小路,他从小时候爱的是穿山越岭或是闲游江畔。

> 那时节没有沙发待我享受,
> 那时节我不需要沙发。青春
> 很快地恢复体力,长期劳动
> 只引发短期疲乏……

　　从这幼时漫步乡间的回忆,古柏抒发了他对乡间风景的爱慕。"现在我已不复年轻,而年轻时使我着迷的景物依然是可爱的,依然使我着迷。"他一一地描述乡间的风景、声音、花草、农舍、人物……乡间是可爱的,相反的,城市是可憎的。

> 虽然美好的事物在
> 纯朴而优雅的土壤里最能滋长,
> 也许只有在那里才能茂盛,
> 可是在城市里便不行;那些
> 狂傲、喧嚣而唯利是图的城市!
> 各地的渣滓秽物都流入
> 这公共的肮脏的阴沟里来。

　　他把城市形容成为藏污纳垢的地方,富庶导致懒惰与淫逸,放荡与贪婪。但是古柏也不得不承认,城市孕育艺术、科学与哲学，伦敦是最美的城市也是最恶劣的罪恶渊薮[①]。他的最后结论可以用一行警句作代表：

上帝制造了乡村，人制造了城市。
（God made the country, and man made the town.）

[①] 渊薮（sǒu）：比喻人或事物聚集的地方。渊,深水,鱼所聚处。薮,水边的草地,兽所聚处。

奥杜邦

奥杜邦（John James Audubon）是一个爱鸟的人，我看他画的各种各样的鸟栩栩如生，想其人必定慈祥和善，没想到他是最喜欢猎鸟的人！一九七三年二月二十五日《纽约时报》（第十一部分）有 *Roy Bongartz* 一文，其中有这样一段：

洛泊·库施曼·墨斐是美国历史博物馆前任鸟部主持人，他说："奥杜邦用他的画笔绘鸟，可以激起任何人的柔情，但是其人却有原始的打猎的本能。至少在年轻时候，他好猎杀，乐此不疲……在佛罗里达州一日射杀若在一百只以下便是所获不丰。他甚至于在船甲板上也要射鸟，明知射下来无法拾取。在路易斯安那州，他发现了一个新的品种，翅端硬翎的燕子，并不是由于先观察到它有研究的价值，而是由于随便想到不知一枪能打下几只，他信手一试，打下了一大堆以前不曾见过的小鸟。"

这是不可思议之事！爱鸟的人而以杀鸟为乐！

有一天，我们寓所的窗井里扑哧扑哧地响，原来是只红襟鸟掉在里面了，不知为什么竟飞不出来。我的两个外孙爱莫能助，急得团团转。隔着玻璃窗可以看见它腹部淌着血，显然是受了伤。这时候天气很冷，暮霭渐深，若不急救，势将冻死。忽然想起了"仁爱会"（Humane Society），那是惠及禽兽的一个民间组织，打电话过去请求援手。接电话的人说她是专管猫狗一组的，鸟类救助另有专家，承她指点，我们另打电话给一位"鸟夫人"（bird lady），可惜是日为星期日未能找到她。情急之下，我们打开窗子让它先飞进室内，它歪歪斜斜地在室内乱飞，我们终于抓到了它。这种野鸟是不能在室内豢养的，于是把它送到草地上让它喘息，它终于一瘸一拐地连跑带飞地越过了篱笆飞到一棵短树上面。我们望着它很久很久，两个小孩子撇下了晚饭不吃，为了照顾这只受伤的鸟。

外国的孩子在学校里就受到一种教育，要爱护小动物。所以，公园里常常到处有松鼠、鹁鸽、兔子、鸭子，没有人伤害它们，好像是一切有生之物都能和平相处，古远的淳朴的世界，依稀尚可窥见一斑的样子。至于狗猫所受的宠爱，那就更不必说。不过另有一矛盾的现象：打猎好像也是西方人公认的一种高尚娱乐,手持现代化的利器到深山大泽里去屠杀兔子、山鸣、鹌鹑、野鸭、狐狸、麋鹿、野猪,以及狮、虎、豹等野兽,如有所获辄扬扬得意,不觉得这是野蛮的可卑的行径。而且还要进一步予以制度化,颁出一套狩猎法,指定何时何地可以行猎,其动机是唯恐禽兽一经赶尽杀绝,此后便无取乐之对象,其间丝毫没有蔼然仁者之所用心。渔猎时代,杀生以谋生计,犹有可说,洪水猛兽为了人类安全也应在排斥之列。到了文明时代,奈何仍以不必要的杀伤生物以为取乐之道?

从前英国的王家狩猎,是王率百官隐身于一安全而有利的地方,由猎场守者驱赶成群的野兽于王前经过,王发矢石,轻而易举地有所斩获。这样的行为是于野蛮之外再加上卑鄙可耻!我们中国从前帝王狩猎是否如此,我不知道。

林肯告别春田

林肯赴总统任前《告别春田》一文，简洁诚挚，不可多得。文曰：

朋友们，不在我的处境者不能了解我在此时告别之黯然神伤。我的一切都是靠了这个地方和这地方人士的优遇。我在此地已住了四分之一世纪，从青年到老年。我的孩子们生在此地，其中一个埋在此地。我如今要离去了，不知何日更不知能否再回来，因为我未来的工作比放在华盛顿身上的工作还要沉重。如不能得到神明一直赐给他的那份助力，我不能成功。如有那份助力，我不会失败。信任上帝，他会跟随着我，也会看顾你们，所以我们可以安心地希望一切都会顺遂。我把你们交付他来照料，我希望你们在祈祷里也会把我交付给他，我诚恳地向诸位告别了。

凡讲演词及正式文告之类皆宜如此，要直截了当，不可空洞冗长，惹人厌恶。修辞立其诚，林肯深通此理。

沉默的庞德

《新闻周刊》（一九七〇年十一月九日）载：

庞德八十五岁生日，记者一个接一个地到他威尼斯的家中，企图访问这位羁留国外的美国诗人。他以奇异的方式招待记者，细心聆教，但不回答，保持他近年来一贯的沉默作风。他的管家婆奥尔加·罗芝代他答复一切问题，有时庞德点头表示同意，否则就挺直地僵坐椅上。"他也许像是与世隔绝"，罗芝夫人承认，但又补充说他并非如此，"实际上他注意世上每一件事，而且倾听别人的言论。他像是一部停放着的汽车，而油门未熄。车是不动，但是内部依然在动。"

庞德是一位才气很高的诗人。四十六年前我和闻一多一起研读美国意象派（Imagists）的作品，就对他的诗特别激赏，认为是其中的翘楚。十几年前我又读到他译的《诗经》，虽然距离原文太远，但是非常可读，不愧为诗人的翻译。可能是菲茨杰拉德译奥玛·海亚姆"四行诗"以后第一部精彩的诗译。

庞德在第二次世界大战中投在法西斯一面，却是大错特错，晚节不保，无不为之惋惜。出卖国家的叛徒，纵然文采风流，亦无足取。"像是一部停放着的汽车，而油门未熄"。亦惨矣！

华苓寄来几册诗集，内有《庞德诗选》，三十九页 *Epitaphs* 一首竟有这样的句子："李白也是醉死的。他企图抱月，在黄河里。"滚滚黄流里还能看到月亮！

《大　街》

《大街》是美国辛克莱·路易斯（1885-1951）的重要作品之一，刊于一九二〇年。中文译本张先信译。

厚厚的一部小说，拿在手里几乎像是一块砖头似的重，能令人从头看到尾，这就不简单。一个故事并不等于是一部小说，可是一部小说一定要有一个故事。《大街》的故事是这样的——

凯洛尔·密尔福特是美国明尼亚波利斯附近一所小型学院的毕业生。她在学校里是相当活跃的，有多方面的兴趣，有轻盈的体态，有反叛的性格，有改革家的抱负。毕业之后在芝加哥学习图书馆学。后来在一个偶然的机会里遇到了维尔·肯尼柯特，他是明尼苏达州地鼠草原的一位医师，此人性情和善，头脑冷静，但无太多的想象，比她大十二三岁。一个秀丽少女和一个富裕的未婚男子遇在一起，发生恋爱是很自然的事，那种关系是"生理和神秘的混合"。结果是他们结婚了。她当然是跟了他到地鼠草原去,去做家庭主妇,但是她并不志在做家庭主妇。他告诉她,地鼠草原需要她去做一番改革。

可惜一到了地鼠草原,凯洛尔大失所望,原来那地方是风气闭塞的穷乡僻壤,人民抱残守缺,愚蠢落后,并不欢迎改革。那条大街便是标准的丑陋的标志。"传统的故事为什么都是谎话?人们总把新娘进门形容得美好无比,认为姻缘都是十全十美。实际上完全不是那么一回事。我现在没有任何改变。而这小镇——我的天哪!我怎能住得下去,这是一座垃圾堆!"她的丈夫很满意于他的家,他说:"这是一个真正的家!"他唱起灶神歌:

我有一个家,
可以随心所欲,
随心所欲,
这是我和妻儿的窝,
我自己的家!

他不是不明白凯洛尔的心情,他说:"我不期望你认为地鼠草原是天堂。我也不期望你一开头就特别喜欢这个地方。但是慢慢的你会喜欢它的——在这里,自由自在;所接触的都是世界上最好的人。"

但是事实上凯洛尔所接触的净是一些庸俗而鄙陋的人。他们喜欢的是瞎嚼舌，玩桥牌，谈汽车，打猎捕鱼。

她的家庭内最初一场风波是因钱而起，她手里没有钱，有时候很穷。"我用钱的时候必须向你恳求，每天如此！"于是他塞给她五十块钱，以后总记得按时给她钱。

在校园中她努力应付，但是究竟品类不同，难以水乳交融。有几个人比较谈得来，例如，她丈夫从前追求过的一位女教师维达·薛尔文，一位有学问的律师盖·包洛克，一位瑞典的流浪汉迈尔斯·勃尔斯泰姆。但是在凯洛尔的生活中引起轩然大波的，是新来镇上在一家裁缝店里工作的二十五岁的小伙子。他名叫埃里克·华尔柏，瑞典人，大家取笑他，说他的服装和言谈都有点女人气，称他为"伊丽莎白"。凯洛尔觉得他"光芒四射，与众不同……从他的脸上可以看到济慈、雪莱……"她径自到裁缝店去见华尔柏，谈得甚为投机，以后便常有来往，一同出去散步、划船。有一天乘医师不在家，他溜进她的院子，她引他入室，登楼、参观卧室……然后"她不禁全身瘫痪，头往后仰，两眼微闭，陷入一阵多彩多姿的迷惘"。男女之事，有太多的人喜欢做义务的传播，于是风风雨雨，她的丈夫焉能不有所闻？有一次撞见他们在野外，遂使事情到了摊牌阶段。肯尼柯特一点也不鲁莽，只要求她和他一刀两断，并且以引咎的口吻向她解释说："你明白我的工作性质吗？我一天二十四小时，马不停蹄地在泥浆和大风雪中到处奔跑，拼命救人，不分贫富，一视同仁。你常说这个世界应该由科学家来统治，不应该让狂热的政客来统治，你难道不明白我就代表着此地所有的科学家吗？"言外之意是说，莫怪一个做医师的丈夫为工作所限制而无暇和你经常地谈情说爱。事实上，除了无暇之外，这位医师的气质也是一个问题。凯洛尔敬重他，但很难在爱的方面得到满足。多少妻子因此饮恨终身而不敢表达她的衷曲！这一场风波的结果是夫妻外出旅行三个半月。凯洛尔随后离家，远赴华盛顿觅得一份工作，但是一年后对工作也不无厌倦，"觉得自己不再是一个目中无人的哲学家，只是一个已经衰老的女公务员"。她的丈夫到华盛顿来看她，对她说："我希望你回来，并不请求你回来。"最后，凯洛尔回去了，可是并不觉得自己完全失败，她于表现反抗精神之后回到地鼠草原去继续做一个贤妻良母，继续对社区活动积极参加。

　　这样的一个故事，平铺直叙，很少曲折。背景是美国中西部的一个小镇，时间是第一次世界大战前后，主要人物与情节是一对夫妻的悲欢离合。作者对于庸俗的乡镇做了深入的讽刺，对那些知识浅陋、头脑顽固、胸襟狭隘而又自满自足的人物做了相当含蓄的攻击。我们要注意：这庸俗与阶级无关。哪一个阶层都有它的庸俗分子与庸俗见解。《大街》里的人物包括了上中下三个阶层，各有其可厌的人物画像。凯洛尔值得同情，但是肯尼柯特不仅值得同情而且值得敬重。一个家庭应该由男人做一家之主，使女人沦于奴隶地位，以烧菜洗盘断送其一生吗？一个女人应该接受传统环境所炼成的缰锁，在感情生活方面永远受着压抑，而不许越雷池一步吗？这样的问题，《大街》都提出来了，虽然不曾说出明确的答案。文学作品的目的，就是要提出问题，而不是一定要提供答案。像《大街》这样一部有名的小说，在美国现代文学中已有定评，中译本前无序言，后无跋语，我想这缘故大概即是要读者自己去体会其中的意义。最后应该一提的是译者张先信先生的译笔既忠实又流利。

纳　什

美国的打油诗大家纳什（Ogden Nash）于一九七一年五月十九日病逝，享年六十八岁，我开始读他，是由于前几年余光中先生送给我一本 The Golden Trashery of Ogden Nashery。这部诗选集的题名就可笑，正合于纳什的作风。纳什喜欢使用稀奇古怪而听起来也很合辙的脚韵，有时为了凑韵而不惜制造有趣的新字。他不拘章法句法，有时短短两行，有时一行长到好几十个字。其内容有时是轻松的嘲笑，有时是严肃的讽刺。他的诗曾受到广大读众的欢迎，一九四四年二月出版的纸面袖珍本诗集，一年之内销了七十六万五千册。

下面一首《日本人》是用传统的方法写的，没有特殊的章法韵法，但是讽刺的意义十分强烈。

日本人

日本人有多么彬彬有礼;
他总是说:"请原谅,对不起。"
他爬进了邻居的花园,
他微笑着说:"我请你多包涵。"
他鞠躬,很友善地咧嘴一笑,
把他一群饥饿的家人招来了,
他咧嘴笑,然后友善地鞠躬:
"真抱歉,现在这是我的园庭。"

布劳德斯基的悲剧

一九七二年六月十九日的《新闻周刊》载苏俄诗人布劳德斯基被迫害的情形:

那是一九六四年冬天。一位苏联的女审判官萨夫雷亚夫人,以轻蔑的眼光看站在她面前的褴褛不堪的二十三岁的被告。

问:你是做什么的?

答:我是一个诗人。

问:谁说的你是一个诗人?谁把你放进诗人之列?

答:没有人。谁又把我放进人类之列?

问:你学习过如何做诗人吗?

答:我以为你不能在学校里学习到这个。

问:那么如何学呢?

答:我想这是从上帝那里来的。

布劳德斯基确实是使苏联当局感到棘手的一位诗人。审判时,他在新潮文艺界中已很著名,他的稿件在莫斯科与列宁格勒都流传很广。虽然如此,审判官萨夫雷亚判他五年苦役,认为他是"无业游民,社会寄生者",而且没有任何"有益于社会的作品"。

在国家农场里做了十八个月铲粪砍柴的工作之后,布劳德斯基获释,此后七年他住在列宁格勒,写作翻译,几乎全是投到非官方的出版物上去。据较开通的俄国知识分子及西方学者的意见,布劳德斯基是苏联现存的最杰出的诗人。但是对于苏联当局,他是无可救药的,上星期他们企图解决这个问题,一脚把他踢出境外。

布劳德斯基并未公然写反对苏联的诗。相反的,他的诗是有浓厚的个人色彩,深具玄想作风,完全是非政治性的。但是他拒绝把他的天才纳入党的规范,于是由当局看来他是典型的唱反调的分子。乔治柯兰是伯林毛学院的哲学教授,也是布劳德斯基的诗的翻译者,他说:"很可能是,他们无法容忍一个重要的人声誉蒸蒸日上而不是他们的人。"

上星期他飞出流亡之后,布劳德斯基和苏联当局还有摩擦。他父母是犹太人,他们为他预备了以色列的签证,希望他在那里定居。但是布劳德斯基对于犹太民族主义并无兴趣,到了维也纳之后便表明愿赴美国,不要赴以色列。

事实上美国密歇根大学已经邀请他做"住校诗人",据说他亦已接受。他在维也纳等候美国签证的时候,他对这整个事件还是表示一些惶惑。他抱怨说:"我不愿永久住在外国。我要回到俄国去,那是我唯一的家乡。"

除非苏联知识界气氛突然改变,布劳德斯基在最近的将来要想回到祖国,机会好像不大。从一方面看,这不是悲剧。大家公认他是一个很潇洒的人,很会交朋友,对女人有诱惑力。如果寂寞不成为问题,那么文艺流亡者一向所遭遇的一项困难——脱离了他的艺术的根源——会对他的诗有害的。"我祝他顺利,"另一位苏联的不与当局合流的作家说,"我们非常遗憾地看着他走。可是国内能给他什么好处呢?"

这一段报道有一个俏皮的标题:《诗的不公道》(Poetic Injustice)。所谓"诗的公道"是文学批评上常见的一个术语,在英国是由陶玛斯·莱玛于一六七八年首先使用的,表示奖善惩恶之意。亚里士多德谓悲剧英雄之倾覆多少是由于其个人之缺陷,故不啻咎由自取。"诗的公道"之说是由亚里士多德的见解而来之硬性规定,一切剧中人物皆有其分所应得之结局。最显著之一例是泰特改编的《李尔王》,善恶的果报一点也不含糊。如今这个标题是把"公道"改为"不公道",好俏皮的一个讽刺!善良无辜的诗人却遭受无理的迫害!

布劳德斯基无罪，所加之罪是他未能遵守政府规定之路线写作。这是不能被容忍的事。极权专制独裁暴虐的政制之下，什么都可以容忍，就是不能忍容异己。他们以为个人无自由，个人自由都被剥夺净尽之后国家才有自由。好像一个自由的国家应该是由亿万个奴才来组成的！做奴才比较不费气力而收获可能最丰，所以做魁首的人号召大家做奴才听他的指挥，就有那么多人甘愿做奴才。在这情形之下，有头脑有骨气的人，不是佯狂，不是为之奴，就只好去之了。

但是谁也不愿意离乡背井地脱离歌哭于斯的祖国。布劳德斯基所谓"我要回俄国去，那是我唯一的家乡"是他的肺腑之言，非常沉痛。爱自己的家乡乃是人性之高贵的一面，何况是感情丰富的诗人？

陶渊明"室无莱妇"

萧统《陶渊明传》:"其妻翟氏亦能安勤苦,与其同志。"李延寿《南史·隐逸传》:"其妻翟氏,志趣亦同,能安苦节,夫耕于前,妻锄于后云。"皆谓翟氏安贫,与其夫志同道合。

读陶作《与子俨等疏》:"余尝感孺仲贤妻之言,败絮自拥,何惭儿子?此既一事矣。但恨邻靡二仲,室无莱妇,抱兹苦心,良独内愧。"所谓"室无莱妇",言自己没有像老莱子之妇那样的贤妻。刘向《列女传》:"楚老莱子逃世,耕于蒙山之阳……楚王欲使吾守国之政……妻曰:'妾闻之,可食以酒肉者,可随以鞭捶;可授以官禄者,可随以铁钺。今先生食人酒肉,受人官禄,为人所制也。能免于患乎?……'遂行不顾,至江南而止。"是翟氏之贤不及莱妇,而陶公黾勉辞世,乃是自作主张,以至于使子等幼而饥寒,"抱兹苦心,良独内愧"也。

妻而能安勤苦,自非易事,翟氏之"夫耕于前,妻锄于后"

可能亦是事实。若谓其志在固穷，与其夫同志趣，恐未必然。传陶公者见陶氏夫妇躬耕乡里，遂信笔及于翟氏，不吝称其苦节耳。萧统《陶渊明传》："公田悉令吏种秫，曰：'吾常得醉于酒足矣！'妻子固请种秔，乃使二顷五十亩种秫，五十亩种秔。"是翟氏较渊明为达事处。先生但求有酒，主妇不能不顾一家之食。似不应因此遂兴"室无莱妇"之叹。

《咏贫士》七首，显然是先生自况，其七云："年饥感仁妻，泣涕向我流。丈夫虽有志，固为儿女忧。"言妻子饥寒，泣涕直流，但未能挠其志，而丈夫志在固穷，但亦不能不为儿女忧。<u>妻不挠夫之志，可敬之至，但不能禁其泣涕直流；夫不为妻所累而改其志，但衷心亦不能不为儿女忧。夫耕于前，妻锄于后，是一幅美丽图画，不知二人心中亦正各有所感，不足为外人道也。</u>先生诗乃直言"丈夫虽有志，固为儿女忧"，道出先生心事，是先生率真可爱处。一说"丈夫虽有志……"二语乃妻子语，恐非。丈夫犹言君子，非妻对夫之称。

读杜记疑

卖药与药栏

杜甫进三大礼赋表有云:"顷者,卖药都市,寄食友朋……"卖药恐怕不是真的卖药,是引用韩康"卖药长安市中,口不二价"的典故,自述旅食京华之意。有人写《杜甫传》,把杜甫真个说成一个卖药郎中,疑误。

杜诗《有客》云:"不嫌野外无供给,乘兴还来看药栏。"按:药草之属亦是娱目欢心之物。石崇《金谷诗序》:"有清泉茂林,众果竹柏,药草之属……其为娱目欢心之物备矣。"可见杜公植药,未必是为卖药之资。何况所谓"药栏"亦未必就是种植草药之栏,因草药亦不需栏。《开元天宝花木记》云:"禁中呼木芍药为牡丹。"木芍药即今之牡丹。"药"恐即是木芍药之简称。《独异志》上云:"唐裴晋公度寝疾永乐里,暮春之月,忽过游南园,令家仆童升至药栏,语曰：'我不见此花而死，可悲也。'怅然而返。明早报牡丹一丛先发，公视之，三日乃蘦。""药栏"即种植木芍药之栏，此一明证。又按范摅《云溪友议》："致仕尚书白舍人，初到钱塘，令访牡丹花，独开元寺僧惠澄，近于京师得此花栽，始植于庭，栏圈甚密，他处未之有也。""栏圈"字样，值得注意。白乐天携酒赏牡丹，张祜题诗云："浓艳初开小药栏，人人惆怅出长安。风流却是钱塘寺，不踏红尘见牡丹。"是"药栏"明指牡丹。不过杜甫多病，与药结不解缘，也是事实，在诗中班班可考。如谓凡药皆视为配病之药，则有时不免失误。杨伦《杜诗镜铨》注："药栏，花药之栏也。"语意模棱矣。

况余白首

《观公孙大娘弟子舞剑器行》序文有句："玉貌锦衣，况余白首。"人多认为费解。《苕溪渔隐丛话》引秦观语："杜子美诗冠古今，而无韵者殆不可读。"仇注引申涵光曰："诗序太剥落，'玉貌锦衣'下如何接'况余白首'？"指为文字剥落，殆为贤者讳耶？近人傅东华先生注杜诗，"言公孙玉貌锦衣尚归寂寞，何况已年之易老乎？"（见商务人人文库本杜甫诗页二三七）似嫌牵强，且与下文，气亦不顺。疑"况"字当作"甚"解，言公孙当年风采当已不复存在，其衰朽之态恐有甚于余之白首者。杜甫初观公孙舞，在开元三载（一作五载），尚在童稚，此诗作于大历二年，从开元五载算起，相距五十一年矣。公孙焉得不比杜公更老？下云"今兹弟子，亦匪盛颜"，正与上文语气连贯。

乌 鬼

《戏作俳谐体遣闷二首》："家家养乌鬼，顿顿食黄鱼。"乌鬼究竟是何物，众说纷纭。或谓养乌鬼，乃赛神也，养可能是赛之误，鬼者乌蛮鬼也。元微之《江陵》诗"病赛乌称鬼，巫占瓦代龟"。可为此说之有力的佐证。但养乌鬼与食黄鱼若为一事，则乌鬼殆为鸬鹚。黄山谷外集《次韵裴仲谋同年》有句"烟沙篁竹江南岸，输与鸬鹚取次眠"，所谓鸬鹚，即《本草》所谓之水老鸦，一名乌鬼，能捕鱼。因家家养乌鬼，故而顿顿食黄鱼，似亦顺理成章。魏子华《寒夜话黑鹭》一文，有云：

黑鹭浑身黑羽毛，是一种善捕鱼的鹭鸶，它的体形比普通鹭鸶肥壮，看起来很像大型的乌鸦，所以，家乡成都一带又叫它鱼老鸦，每年一入隆冬，天寒水浅，放鱼老鸦的人们，这就赶鸦下河，大发利市去了。

放鱼老鸦的人，他们出发之前，总是把小船或竹筏顶在头上，鱼老鸦就栖息在船或竹筏上打瞌睡。可是，当它们一见到水，可就立刻精神百倍，一头钻得不见踪影了。当它们再度浮出水面，十之八九都会嘴里衔着一条鱼，渔人只消把篙竿伸过去，它们就会乖乖地飞到竿上来，然后收回船上，取下它们的猎获物。

这"鱼老鸦"如果就是《本草》上说的"水老鸦"，当然也就是杜诗中的"乌鬼"了。

宋马永卿《懒真子录》卷四："乌鬼，猪也。峡中人家多事鬼，家养一猪，非祭鬼不用，故于猪群中特呼乌鬼以别之。"此说亦可通，川中确是家家养猪，而杀猪祭鬼亦是习见之事，至今犹然。

数说皆有可取处，均非定论。姑且存疑，不必强作解人也。

他　日

《秋兴》八首"丛菊两开他日泪"句，"他日"应作"往日"解，非谓将来。《孟子·梁惠王下》，两次用"他日"："他日见于王曰"，"他日"是过后有一天；"他日君出"，"他日"则是往日。"他日"本有二义，视其上下文义而定。丛菊两开，是两年已过，他日是指已过的这两年，两年之内陨泪多少，感慨系之!

《滕王阁序》:"他日趋庭,叨陪鲤对;今兹捧袂,喜托龙门。"此"他日"亦昔日之意也。

不觉前贤畏后生

《戏为六绝句》有云:"今人嗤点流传赋,不觉前贤畏后生。"语意含糊。清人汪师韩《诗学纂闻》谓:"乃诘问之言,今人诋毁庾信之赋,岂前贤如庾者,反畏尔曹后生耶?"按:《论语》"后生可畏,焉知来者之不如今"原意是说后生可能有可畏之处也。杜意今人并无超越前人之处,奈何妄议古人,故曰"不觉前贤畏后生"。贤者虚怀若谷,皆应深觉后生可畏。唯今人诋毁庾信,吾则不觉前贤应畏后生。"不觉"是杜甫不觉也,汪师韩释为诘问之语,反似多事。

鸡狗亦得将

《新婚别》有句:"生女有所归,鸡狗亦得将。"仇注云:"嫁时将鸡狗以往,欲为室家久长计也。"疑不洽,恐是"嫁鸡随鸡,嫁狗随狗"之意。女人出嫁,焉有携鸡狗以俱往者?杨伦《杜诗镜铨》注:"用谚语。"所见是也。将,从顺之意,不是"之子于归,百两将之"之"将"。陶诗《读史述九章》咏夷齐:"二子让国,相将海隅。"亦相从之意。

宋庄绰《鸡肋编》:"杜少陵《新婚别》云:'鸡狗亦得将'世谓谚云:'嫁得鸡,逐鸡飞;嫁得狗,逐狗走'之语也。"葛立方《韵语阳秋》:"谢师厚生女,梅圣俞与之诗曰:'……男大守诗书,女大逐鸡狗。'亦同一意义。是宋人早有此解,仇沧柱殆未之见?

漫 舆

杜诗《江上值水如海势聊短述》有句:"老去诗篇浑漫舆,春来花鸟莫深愁。"漫舆,何谓也?舆,或作兴,然乎否耶?

仇注:"浑,皆也。漫,徒也。"又云,"黄鹤本,及赵次公注,皆作漫舆。《韵府群玉》引此诗,亦作漫舆。王介甫诗,'粉墨空多真漫舆';苏子瞻诗,'袖手焚笔砚,清篇真漫舆'。皆可相证。诸家因前题《漫兴九首》,遂并此亦作漫兴。按上联有'句'字,次联又用'兴'字,不宜叠见去声。"

俞樾《茶香室丛钞》引朱彝尊《静志居诗话》云:"在杜子美集有《漫舆五绝》九首,又七言云'老去诗篇浑漫舆,春来花鸟莫深愁'。浑漫舆者,言即景口占,率意而作也。自元以前,无有读作漫兴者,迨杨廉夫作《漫兴七首》,而世之人遂尽去杜集之旧,易舆为兴矣。"此说是也。(舆已

简化为与，興简化为兴。——编者注）

丧家狗

　　杜诗："昔如纵壑鱼，今如丧家狗。"丧家狗，典出《史记·孔子世家》，"郑人或谓子贡曰：'东门有人，其颡似尧，其项类皋陶，其肩类子产，然自要（腰）以下不及禹三寸，累累若丧家之狗。'子贡以实告孔子。孔子欣然笑曰：'形状，未也，而谓似丧家之狗，然哉！然哉！'"此"丧"字应作平声读，抑应作去声读耶？

　　《群书札记》："《瓮牖闲评》：家语，累累然若丧家之狗，丧字当作去声，言如失家之狗耳。故苏东坡诗云'惘惘可怜真丧狗'，是矣。而元微之诗乃云'饥摇困尾丧家狗'，又却作平声用，何也？按：王肃注'丧家狗，主人哀慌，不见饮食，故累然不得意'。孔子生于乱世，道不得行，故累然，是不得意之貌也。韩诗外传，'丧家之狗，既敛而椁，布器而祭，顾望无人，意欲施之。'丧字作平声读。唯孔颖达《春秋正义序》，'虚叹衔书之凤，乃似丧家之狗'，丧字作去声读，不得执此而议彼也。"

　　按：丧字本可有两种读法，意义迥然有别。《世家》（《史记·孔子世家》）丧家之狗，依王肃注读平声，近是。杜诗以"丧家狗"对"纵壑鱼"，就意义而论，似宜作去声。

不是烦形胜，深惭畏损神

《上白帝城二首》的第一首，前四句写景，后八句感怀，最后两句"不是烦形胜，深惭畏损神"作何解？

傅东华注《杜甫诗》二〇三页云："言若徒深惭而不借形胜以自解，则恐损神耳。旧注以烦为烦厌之烦，则与前'一上一回新'句不合矣。"此说恐非。第一，因"一上一回新"，故"不是烦形胜"，意义连贯，并无不合。第二，烦字不作厌解，当作何解？傅说对此点无交代。

杜诗《江畔独步寻花七绝句》有云："不是爱花即欲死，只恐花尽老相催。"其句法可供参照。"不是……"是否定，"只恐……"是肯定。"不是烦形胜"，《杜诗镜铨》注"言形胜非不可喜"，仇注云"我非厌烦此间形胜"，似均不误。

平心而论，此两句不佳，不但意义嫌晦，构想亦殊平庸。《杜诗集评》引李因笃批语云，"畏损神三字李本批云'凑而混'"。凑而混者其实不只此三字。

天子呼来不上船

《饮中八仙歌》写李白"天子呼来不上船"，"船"即是舟船之船，一般均如此解释。

元人熊忠撰《古今韵会举要》，据云"衣领曰船"。明人张自烈撰《正字通》，据云"蜀人呼衣系带为穿，俗因改穿作船"，似此船字乃另有解释。

《钱笺杜诗》曰："玄宗泛白莲池，命高力士扶白登舟，此诗证据显然。注家谓：'关中呼衣襟为船；不上船者醉后披襟见天子也。'穿凿可笑。赵次公云：'白在翰院被酒。扶以登舟，则竟上船矣，非不上船也。'此尤似儿童之语。夫天子呼之而不上船，正以扶曳登舟状其酒狂也。岂竟不上船耶？"钱笺是也。

偶阅国语日报副刊《书和人》第二二〇期（六二、九、二十九），罗锦堂先生讲《英文本中国文学史初探》，评及柳无忌著《中国文学概论》，说到"不上船"的问题：

"上船"两字，一般人都根据范传正的李公新墓碑，说是玄宗泛舟，李白不在，因而命高力士扶李白登船……我觉得这种说法不太妥当，因为李白明明是上船了，为什么说"不上船"呢？根据《荥阳县志》卷十四提到人的鞋底就叫船。此外，《韵会》（《古今韵会举要》）说："衣襟谓之船。"《正字通》说："衣领谓之船。"我们现在不讨论"船"到底是指鞋子、衣襟或衣领，但"不上船"是表示衣服没有穿整齐的意思，而不是指真的船。

罗先生的主张似是没有脱离赵次公的窠臼与《韵会》《正

字通》的别解。钱笺未被驳倒之前,"船"字似以仍从正解为妥。

藤 轮

《赠王二十四侍御契四十韵》:"长歌敲柳瘿,小睡凭藤轮。"(鲍照诗"花蔓引藤轮")藤轮,何物也?蔡梦弼以为是车轮,人焉有凭车轮而睡者?王诛以为是蒲团,未闻有以藤制团者。仇兆鳌以王说为是。施鸿保《读杜诗说》认为皆非,"疑即藤枕,今犹有之,以其体长而圆故称为轮"。其实藤枕固今犹有之,但以其长而圆而称为轮则甚牵强,轮非长而圆者也,且凭枕而睡事属寻常,了无诗意,与上句"敲柳瘿"不相称。

疑宜就字面解释,无须更进一层。藤轮即是藤干盘曲之做轮形者,轮者,圆圈也。老藤近根之巨干多作轮形,故藤轮即藤之干。敲柳瘿而长歌,凭藤轮而小睡,诗意亦相称。

剑　外

杜诗《闻官军收河南河北》一首是众所熟知的，有人对第一句"剑外忽传收蓟北"中之"剑外"二字发生疑问。剑是剑阁，或剑门，剑外系何所指？是指剑南，还是指剑北？二说似皆可通。"剑外忽传……"可以解为剑阁以南一带正在传说，也可以解为收蓟北的消息正在从剑北长安方面传了过来，但究竟何所指则颇费思量。

按：剑门天险，抗战期间我曾途经其地，是自广汉穿过剑阁而入汉中的必经之地。李白《蜀道难》所谓"剑阁峥嵘而崔嵬，一夫当关，万夫莫开……"确是形容尽致。我因为汽车抛锚，在县城外一小茅店留宿一夜，印象益为深刻。李白诗《上皇西巡南京歌》有"剑阁重关蜀北门"之句。剑阁实乃蜀之北门。蜀地难攻易守，剑门之险阻乃其原因之一。《晋书·张载传》："太康初，至蜀省父，道经剑阁，载以蜀人恃险好乱，因著铭以作诫。益州刺史张敏奇之，表上其文，武帝遣使镌之于剑阁山焉。"这《剑阁铭》我是读过的，虽然没有看过山上的镌刻。铭里有这样的句子："唯蜀之门，作固作镇，是曰剑阁。"凡此可见剑阁是蜀之北方门户，所以拒外人之南侵，而非秦地之人在此设险以防蜀人之北犯也。

杜甫作此诗时在梓州，即今之梓橦一带，剑阁即在梓橦之东北，诗作于广德元年。杜甫在此地听到剑北传来捷报，所以才涕泪满衣裳。捷报是从河南河北传到长安，再由长安传到剑南。剑外传来的消息使得剑南的人闻之大喜若狂，这不是很自然的吗？

再举一例以为旁证。号称天下第一关之山海关，据《读史方舆纪要》云："渝关，一名临渝关，亦曰临闾关，今名山海关……明初以其倚山面海，故名山海关，筑城置卫，为边郡之咽喉，京师之保障。"山海关虽然是通往东三省之咽喉，但是其建立实乃是为了"京师之保障"，不是为了东北之保障，俗语说"少不入川，老不出关"，出关，出山海关也。到关外去，是出了山海关到东北去也。关外指东北，因为山海关屏障京师，站在京师的立场上说话，关外当然是指东北了。杜甫身在蜀地，所谓剑外似乎当然是指剑门以北长安一带了。

苏东坡《满江红·寄鄂州朱使君寿昌》："君是南山遗爱守，我为剑外思归客，对此间风物岂无情，殷勤说。"他也使用"剑外"一语,不知他是否袭用杜甫诗中"剑外"二字。
按:东坡写此词时是在黄州,和杜甫之身在四川不同。东坡所谓剑外,可能是指剑南,其意若曰"我是四川人,想回四川去",但亦可能是说自己现在是流落在剑门山以外的人,所以想回家乡去。剑外泛指任何剑门山以外之地,不知孰是。

《曾孟朴的文学旅程》

曾孟朴先生生于清同治十一年（一八七二），卒于民国二十四年（一九三五），是清末民初的一位著名的作家。他的家在江苏常熟县，是有钱的大地主家庭，从南宋以来八百年间即定居该地，拥有良田约一千亩。六岁开始读书，但不喜研习经典，喜做文学探险，广泛涉猎中国的传统文学。十八岁，秀才院试，第七名。二十岁，中举，一百零一名。二十一岁进京会试，因试卷污墨被刷。捐官为七品内阁中书。在京为官期间认识了洪钧和赛金花。二十三岁入同文馆法文班，就学八个月拂衣而去。从此不再尝试入仕清廷。研读法国文学名著，此后不断地从事翻译介绍。光绪三十年（一九〇四）联合友人创立"小说林书社"，致力于小说的创作与出版，这正是林纾等人在商务印书馆大量印行小说译作的时候。翌年《孽海花》出版，署名"东亚病夫编述"。民国元年（一九一二）当选江苏省议员，嗣后，转入仕途，历任官产处处长，兼办淮南垦务局事宜，财政厅长，政务厅长，民国十五年（一九二六）结束了他的从政时期。为官十五年，两袖清风。此后乃专心致力于出版与写作，于上海创立真美善书店，修续《孽海花》，翻译法国文学。晚年因健康关系放弃文学活动，消磨岁月于灌园莳花之中。这是孟朴先生一生经历的概要，比较详尽的资料具见《曾孟朴的文学旅程》一书，李培德著，传记文学出版社印行。

关于孟朴先生有几件事特别值得我们注意。首先我们注意他的时代，光绪二十年中日战争爆发，他二十二岁，战事的惨败彻底暴露了清廷的无能与维新运动之经不得考验，有志之士没有不感慨奋发的。孟朴先生是当时的觉悟的分子之一，在竞相学习声光化电的潮流之中，他走的是研究法国文学的路子，这显然与他的学殖和交游有关，究竟他的眼光不同凡响。文学也不失为救国之一道。他说："不要局于一国的文学嚣然自足，该推广而参加世界的文学！"这是何等的胸襟。

林纾是孟朴先生同时代的人，他翻译的小说在数量方面是惊人的，商务印书馆出版了一百九十三部小说，大部分是他译的。林纾的功绩不可没，但是成绩却不高明。孟朴先生对他进了两项忠告：一是劝林纾用白话；二是建议林氏对他的译品应预定标准，多加抉择。可惜林纾成见甚深，没有接纳他的意见。小说不用白话，是自寻苦恼；译书而无抉择，是浪费精神。孟朴先生所译，包括雨果作品七种，莫里哀一种，左拉两种，都是第一流的法国文学作品。在这一点上孟朴先生似应在林纾之上。

《孽海花》这部小说，据光绪三十年有关该书的广告，是这样说的："此书述赛金花一生历史，而内容包含中俄交涉、帕米尔界约事件、俄国虚无党事件、东三省事件、最近上海革命事件、东京义勇队事件、广西事件、日俄交涉事件，以至今俄国复据东三省止。又含无数掌故、学理、逸事、遗闻。精彩焕发，趣味浓深……"被称为"政治小说"。光绪三十一年该书正式出书，广告措辞大致相同："本书以名妓赛金花为主人公，纬以近三十年新旧社会之历史，如旧学时代、中日战争时代、政变时代，一切琐闻逸事，描写尽情。小说界未有之杰作也。"又被称为"历史小说"。我看称之为历史小说较为妥当。我不知道孟朴先生当初撰写小说时，对于西方历史小说这一类型有无明显的认识，但是我知道他在光绪三十三年的时候看到林纾于六个月内译成英国小说家司各特的两部小说《十字军英雄记》与《剑底鸳鸯》而感到非常欢喜，以为从此吾道不孤。司各特实乃近代西方历史小说之奠基者，他虽是苏格兰人，他的小说在欧陆上影响很大，像大仲马、雨果、托尔斯泰，都曾步武他的后尘。把历史人物与事实和虚构的角色与情节糅合在一起，乃是古已有之的一种文章技巧，但是在西方严肃的历史小说,则到了一八一四年司各特的《威弗利》才算正式形成。所谓历史小说,大概要包括下述的几个条件——

第一,作者须对所描写的过去一段历史有深入而广阔的了解。历史小说之典型的公式是描写两个矛盾冲突的文化,一个是式微的文化,一个是新兴的文化。

第二,虚构的人物与真实的人物一同在历史的环境中出现,而且同样的是那一个时代环境影响下的产物。

第三,所描写的历史与写作的时代有相当的距离,其中人物具有相当的重要性,其中事迹有相当重大的影响。

第四,也可以有例外,纯以人物描写为主,历史只是一个背景,或以冒险故事为主,以历史为纯粹的背景。

《孽海花》似乎是具备了历史小说的主要条件,只是故事发生的期间距离他写作的时候稍近一些,以至于带有相当浓厚的写实的色彩,而又成为社会抗议的小说了。不管它是归于哪一类型,这部小说都是一部成功的作品,至于其中是否含有倾向于革命的色彩,那倒无关紧要。

《登幽州台歌》

陈子昂《登幽州台歌》:"前不见古人,后不见来者;念天地之悠悠,独怆然而涕下!"所谓"前不见古人,后不见来者",不是自我夸大以空前绝后自许,重点在一"见"字。盖谓人生短暂,孤零零的一橛,往者不及见,来者亦不及见,平素浑浑噩噩,无知无觉,一旦独自登台万虑俱消,面对宇宙之大,顿觉在空间时间上自己渺小短促得可怜,能不怆然涕下乎?这正是佛家所谓的"分段苦"。

《文学世界》(香港笔会出版)第二十六期有《陈子昂诗评价》一文,引述李沉的评语:"先朝之盛时既不及见,将来之太平又恐难期,不自我先,不自我后,此千载遭乱之君子所共伤也。不然,茫茫之感,悠悠之词,何人不可用?何处不可题?岂知子昂幽州之歌,即阮公广武之叹哉!"又加按语曰:"余按阮籍登广武城观楚汉战处,叹曰:'时无英雄,使竖子成名。'所谓竖子,盖指司马氏也;今子昂幽州之歌,其心目中之竖子,武氏也。"以悲歌慷慨之杰作,解释成为私人遭乱感伤之词,所见者小矣。

子昂《感遇诗三十八首》,有"闲卧观物化,悠悠念无生","幽居观大运,悠悠念群生","大运自古来,旅人胡叹哉",以及其他类似之句,皆俯仰今古惆怅生悲之意,可参阅也。《中国语文》第三十四卷第五期载友人刘中和先生演示《登幽州台歌》,全文如下:

唐朝初年,四川人陈子昂(656-698)十八岁才开始读书,独自力学,自己觉得学有成就了,去首都长安。见有人卖胡琴,要卖百万钱;许多贵人名士都围着观看,陈子昂用一千贯买下来。大家都惊异地问他,他约好明天在某酒楼,大诗人都常去的地方,表演胡琴。明天,大家都到了,陈子昂一口四川土腔,慷慨激昂地说:"在下四川陈子昂,有诗文百首,分赠各位欣赏。胡琴乃是贱工的事,我怎能表演?"当场把胡琴打碎,把诗文分送各人。大诗人们一见陈子昂的作品,大为惊骇钦佩,从此陈子昂名满长安。

那时的大诗人有杜审言、宋之问、王勃、骆宾王等,都作浮华的诗。而陈子昂所作都是古朴高劲,内容深厚的;火候骨力,都在当时一般大诗人之上。因此他内心感到很寂寞很苦闷,竟找不到一个同等笔力的诗人做朋友,可以互相倾心吐胆畅谈。在陈子昂以前,只有汉魏诗人,如曹操父子，和建安年代的七位诗人，被称为"建安七子"的，诗的风骨高古，是陈子昂所崇仰的。建安之后，数百年来，诗风一直走向浮华，往往言之无物，陈子昂最为厌恶。古人既已远不可见，无法相会相谈，而当今之世，只有自己一人。再向以后年轻的一辈看看，却又不见有后起之秀追踪上来。晚一辈的诗人，也多半走向新浮华派；虽然有古体诗人张九龄，但他比陈子昂又小二十多岁，还未成熟。有一位比陈子昂更高的古体派诗人，和陈子昂意见作风一致的，那就是李白；而李白却出生于陈子昂死后三年，二人不得相见，多么遗憾！

一次，他在北平附近的幽州台上登高，面对着广阔无边的天和地，天和地又只向时代交白卷，没有献出更伟大的诗人。他又触发了自己的感伤：自己一死之后，高古的诗风就将断绝，无人继响。于是他高声吟诵出来一首诗歌：

前不见古人，后不见来者；

念天地之悠悠，独怆然而涕下！

以往的人读这首诗，把者字读 zhǎ，下字读 xiǎ，以便押韵。这首《登幽州台歌》，最重要的就是一个"独"字，多么孤寂！从另一方面说，也可见陈子昂此人多么高傲。但他死后有李白，又有韩愈，都很崇仰他，他确不愧为初唐第一诗人。

刘先生把陈子昂悲哀的缘由解释成为"自己一死之后,高古的诗风就将断绝,无人继响"。陈子昂虽然恃才傲物,可能有类似杜审言"但恨不见替人"的自负的想法,但何至于前不见古人呢?我不能无疑。

《词林摘艳》

偶然看到影印的《词林摘艳》一书，原书是明嘉靖乙酉（一五二五）木刻本，是元明戏曲歌词的一个汇集，辑者为张禄。他根据《盛世新声》而加以增补修订，包括小令、散套、杂剧诸体。辑者自序云：

今之乐犹古之乐，殆体制不同耳。有元及辽金时，文人才士审音定律，作为词调，逮我皇明，益尽其美，谓之今乐府。其视古作，虽曰悬绝，然其间有南有北，有长篇小令，皆抚时即事、托物寄兴之言，咏歌之余，可喜可悲，可惊可愕，委曲婉转，皆能使人兴起感发，盖小技中之长也。然作非一手，集非一帙，或公诸梓行，或秘诸誊写，好事者欲遍得观览，寡矣。正德间，衷而辑之为卷，名之曰《盛世新声》，固词坛中之快睹，但其贪收之广者，或不能择其精粗，欲成之速者，或不暇考其讹舛，见之者往往病焉。

余不揣陋鄙,于暇日正其鱼鲁,增以新调。不减于前谓之林,少加于后谓之艳,更名曰《词林摘艳》。锓梓以行,四方之人,于凤前月下,侑以丝竹,唱咏之余,或有所考,一览无余,岂不便哉?观者幸怜其用心之勤,恕其狂妄之罪。

编辑戏曲词调,有什么狂妄之罪可言!据影印者弁首所加之说明,此书之特别价值在于收录许多当时风行的一些新调子,如【锁南枝】【傍妆台】【山坡羊】【耍孩儿】【驻云飞】【醉太平】【罗江怨】【哭皇天】等。并且说:"由此可以考见当时时调小曲发生和发展的一般情况,也可以考见戏曲在发展过程中,如何吸收民间小曲来充实和革新自己的内容和形式,使戏曲本身更为广大的群众所喜闻乐见的艺术加工情况。并且可以证明元明戏曲之所以卓绝千古,和它善于吸收时尚小令的内容和形式是分不开的。"这一段话颇有新八股的味道。集中收录不少当时流行的曲调,这话不错,但是成于嘉靖年间的书,那时节明朝已过了大半,这集子不收这些曲调可收什么呢? "吸收民间小曲来充实和革新自己(戏曲)的内容和形式",尤为夸大其词。戏曲的充实与革新并不在于引进一些"时尚小令",元明戏曲之所以卓绝千古更与"时尚小令"没有多大关系。

我们中国的戏曲之兴盛,肇自元朝,实际在发展上受到许多束缚。所谓戏曲离不了歌唱,毋宁说是以歌唱为主。

声乐与戏剧的结合,从世界历史的眼光看,是相当古老甚至原始的一种形态,大势所趋,唱与戏是会逐渐分离的。我们中国的戏曲比较长久地保持歌唱的成分,这一现象对于戏剧发展究竟是有益抑是有害,是值得研究的一个问题。我个人粗浅的看法,乐与诗结合在一起,如《诗经》中各诗那样,或乐与戏结合在一起,像元明戏曲那样,固未尝不可,但长远地看是两败俱伤,究不如分开各自发展。《词林摘艳》所要收录的是当时的今之乐府,事实上记录下来的是唱词,完全是文字,没有音乐,读者全然无法知道【耍孩儿】是怎个唱法,【醉太平】是什么腔调。即使我们知道这些曲牌的谱子,与戏剧的内容与形式又有什么关系?要了解戏剧,需要着眼于其中的动作与对白,歌唱应为余事,辞章更属次要。看《词林摘艳》及其他类似的书,我们接触的只是一些文辞,不是消极颓废的或隐逸高蹈的抒情文字,便是绮丽萎靡的爱情诗章,要想从中窥见戏剧发展的形迹或其内容与形式的演变,真是万难。我们中国的士大夫喜欢寻章摘句,喜欢倚声弄乐,而所谓"民间",所谓"广大的群众",大部分要的是舞台上的动作和对白,顾曲周郎是少而又少的。所以看《词林摘艳》,不是看戏曲,也不是听歌唱,只是玩赏其中的一段一段的词。就词论词,管他是【中吕】也好,【仙侣】也好,引用当时不少的白话口语,明白晓畅,朴素天真,是其可喜处。

明（代）吕景儒散套《庄子叹骷髅》颇有情趣，录之以见一斑：

【哨遍】守道穷经度日，谢微官不受漆园吏，归来静里用功夫，把南华参透玄机。战国群雄骚扰，止不过趋名争利，怎似俺乐比鱼游，笑谈鹏记，梦逐蝶迷！青天为幕地为席，黄草为衣木为食，跳出樊笼，历遍名山，常观活水。

【耍孩儿】自从会得园中意，清湛灵台似洗。鼓盆之后再无妻，任逍遥南北东西，闲来时呼童添火烧黄篆，兴至也与客携壶上翠微。偶行过荒田地，见一个骷髅暴露，不由我感叹伤悲。

【二煞】向前来细细看，退后来暗暗推，最可惜四肢五脏无踪迹。饥鸟啄破天灵盖，饿犬伤残地阁皮。这模样真狼狈。映斜阳眼眶中精散，受阴风耳窍内静寂。

【三煞】骷髅啊！你莫不是巴钱财，离故乡？你莫不是为功名到这里？你莫不是时乖运拙逢奸细？你莫不是蛊毒魇魅无人救？你莫不是暑湿风寒少药医？今日个自作下谁来替？只落得，闹穰，朝攒着蝼蚁，冷清，夜伴着狐狸。

底下【四煞】【五煞】以至于【十一煞】，都是"骷髅啊！你莫不是……"或"骷髅啊！你也曾……"一声声的钉问。再加上一个尾声：

骷髅啊！南山竹，书不穷，你那愚共贤；北海波，荡不尽，你那是与非。我如今掘深坑埋你在黄泉内，教你做无灭无生自在鬼。

这一个散套令我联想起莎士比亚的《哈姆雷特》第五幕第一景那两个挖坟人的对话："那颗骷髅也曾有过舌头，也曾会唱……也许是一个政客的，伤天害理的政客……也许是一位会说'大人早安！大人尊体如何'的廷臣吧？……也许是个律师的骷髅吧？……也许是个地皮大买主……"一连串的"也许是"和"也曾"和《庄子叹骷髅》如出一辙，只是莎士比亚写这一段戏词晚了约半个世纪。骷髅引人兴叹，原是中外一致，所谓人同此心，心同此理。

唐云麾将军碑

十余年前唐嗣尧先生赠我一册石印《唐云麾将军碑》拓片，原拓片为嗣尧先生所珍藏。李北海的书法有晋人神韵，此碑尤为美妙。唯展读其题跋文字，则颇有可议之处。例如：

傅增湘（藏园居士）先生乃收藏大家，版本之学甚精，竟有若是之文字："李北海所书有两云麾碑，此为李思训，迄今尚完好……"按：此碑原在陕西蒲城县，勒于开元八年（七二〇年），高三三二点五公分，宽一二三公分，乾隆年间毕沅为陕西巡抚，移置西安孔庙碑林。此碑今尚存，但早已大半漶漫。嗣尧先生藏本是否宋拓，抑是元拓，非有多种较近拓本比较研究恐难断定，唯其为相当旧拓则无可疑。据日人西川宁《西安碑林》，我们可以看出该碑文字计三十行，每行七十字，由上而下自第三十四字左右起即漶漫不可辨识，下端一小部分尚清晰。全文在二千字左右（因行间有空白处约占八十字）。今唐先生所藏拓片，仅得八百九十五字，是尚不及一半。傅增湘先生所谓"今尚完好"，不知何据？

又冯恕（公度）先生跋文谓："云麾此拓尚系旧拓。裱者任意剪裁，文理凌乱，为可惜耳。"吾不能不为裱者叫屈矣。唐先生石印拓本第三页，"因为以"三字之下即不可辨识，故下面之"守中轿垂……"乃碑文第三行之起始。第九页"字建陇西"四字之下即不可辨识，故下面之"至今徙于秦"……乃碑文第四行之起始。第五页"子侍中"三字下即不可辨识，故"口讳叔良……"乃碑文第五行之起始。余类推。碑文一半漶漫，拓者便就其上半截拓之，试问裱者如何能不使"文理凌乱"耶？"任意剪裁"云乎哉！此碑原物或其完整之拓本，恐冯先生迄未寓目。

西川宁所得之晚近拓片，与唐嗣尧所藏之拓片，试加比较即可发现二者无大歧异。唐本是否宋元时拓，殊为可疑，唐本可能比一般拓本略佳，恐系拓工优劣不等之故耳。

金缕衣

杜秋娘诗："劝君莫惜金缕衣，劝君惜取少年时。花开堪折直须折，莫待无花空折枝。"此诗浅显而有味，收在《唐诗三百首》里，流传很广，其意义不需解释。

杨牧先生在三月号《中外文学》里有《惊识杜秋娘》一文，对此诗提出一个新的解释，以为："金缕衣不是活人无端穿的锦衣，而是死人穿着的寿衣！"他说："'纨与素'是可以穿戴游戏的，金缕衣却唯有人死以后才贴身穿在尸体上，以为可以保存尸体之不朽。一九六八年河北满城发掘西汉中山靖王刘胜及其妻子窦绾的两座古墓，用黄金制成的丝缕缀连而成，故亦称'金缕玉衣'，以之包扎尸体上下，四肢五官部位，宛然可辨。出土的两套金缕衣，一长约一八八厘米，一长约一七二厘米，从图片上看来，确是金光灿烂之物。"显然的，杨牧先生之所以作此新解，是由于金缕衣出土而获得启示。

事实上，所谓"金缕玉衣"，《后汉书》已有相当详细的记载："《汉旧仪》曰：帝崩唅以珠，缠以缇缯十二重。以玉为襦，如铠状，连缝之，以黄金为缕，腰以下以玉为札，长一尺二寸半，为柙，下至足，亦缝以黄金为缕。"据此则玉襦以像铠甲，柙即像铠甲之札，所谓甲叶也。金缕玉柙原是帝王裹尸之物，后来没有帝王身份的人，甚至如宦官之类也有僭用的，这在历史上也有记载。大陆出土之物当然很有价值，让我们可以看到古帝王的一种排场。唯此"金缕玉衣"是否杜秋娘所指的"金缕衣"，不无可疑。

白居易《秦中吟·议婚》诗："红楼富家女，金缕绣罗襦。"指活人穿的衣裳。杜工部《哭严仆射归榇》"风送蛟龙匣"，苏东坡诗《薄薄酒》"珠襦玉柙万人相送归北邙"，"龙匣""玉柙"则是指死人穿的衣饰。死人穿的那种全套衣饰不称为"金缕衣"，只能称为"金缕玉衣"或"金缕玉柙"或"罗襦玉柙"。《红楼梦》第三回"（凤姐）身上穿着缕金百蝶穿花大红云缎窄裉袄"，想缕金也就金缕之意。金缕状华丽富贵。金缕不仅用以缝衣，也可以制其他物件，例如李后主词《菩萨蛮》："划袜步香阶，手提金缕鞋"，是鞋可金缕。《邺中记》"石虎时著金缕合欢裤"，是裤可金缕。《古诗为焦仲卿妻作》"流苏金缕鞍"，是鞍可金缕。故金缕衣仍即是活人穿的金缕衣。

《传法偈》

偶读明代高僧憨山大师文集,他屡次提到毗舍浮佛《传法偈》。他说当初黄山谷以书法及诗作名天下,很多人来求墨宝,他不大写他自己的诗,他最爱写的是这一首《传法偈》。偈云:

假借四大以为身,心本无生因境有。
前境若无心亦无,罪福如幻起亦灭。

黄鲁直如此推崇此偈,其中必有深意。从字面上看,好像并无什么奥秘,不外是普通的佛家说教,"但欲空诸所有,不愿实诸所无"。可是仔细钻研了几年,自以为除了一点点粗浅的了解之外也还不能无疑。

第一句没有什么困难,熟读《金刚般若波罗蜜经》,便可明白四大皆空的道理。人之大病在于有身,其实此身并非实有，不过是地、水、火、风四种元素的组合。《圆觉经》："我今此身四大和合，所谓毛发爪齿皮肉筋骨脑髓垢色，皆归于地；唾涕脓血涎沫津液痰泪精气大小便利，皆归于水；暖气归火；动静归风。四大各离，今者妄身，当在何处？"《菩萨璎珞经》："四大有二种，一有识，二无识。"有识即是指身内之四大，无识指身外之地水火风。人在物故之后，此身之四大和合不复存在，分别归于四大，这道理非常清楚。但是一息尚存之际，即难不有物我之分，耳之于声，目之于色，肌肤之于感触，处处皆足以提示此身乃我之所属有。若说这是"妄身"，那也只有在"四大各离"之后才能有此想法，而我们知道在"四大各离"之后，便什么想法也没有了！没有实，也没有妄！不过若说此身的存在时间有限，早晚归于四大，不能长久存在，这当然是无可否认的事实。

　　人除了身之外，还有心。心不是四大和合的产品，可是我们能思维，有喜怒哀乐，好像随时可以证明心的存在是确实不虚的。偈云"心本无生因境有"，如何解释呢？这一疑问困扰了我好几年。读佛学书困难之一是其术语很多，有时含义亦不一致，故难索解。翻《汉英佛学词典》，发现"无生"可以译为 immortal，我这才自以为恍然大悟。翻译时常能帮助我们理解原文，因为译文是经过咀嚼的，可能是冲淡了的，可是容易消化吸收，"无生"二字在此应作为形容词。有生即有死，无生即无死。心原是无生无死的。佛学上所谓"无生法忍",所谓"明心见性",我仿佛都可以明白是怎样一回事了。"因境有"三字又作何解？我们常听说,"境由心生",现在怎么又说"由境有心"呢？我想,这个"有"字大概是"无生"中的"无"字之对。immortal 又变成 mortal 了,于是遇境则七情六欲种种颠倒妄想纷然而生,此境一旦幻灭不复存在,则此心仍恢复其本来湛然寂静的状态,即所谓"时时勤拂拭,莫使惹尘埃"了。《金刚经》:"一切有为法,如梦幻泡影,如露亦如电,应作如是观。"即是"罪福如幻起亦灭"的意思。

悬 记

"悬记"是佛家语，犹言"预言"。所贵乎预言者，必须事后证明其言不诬，言而不中则适见其鄙。

《大莲华经》，大士悬记正法兴替住灭，略曰：

南阎浮提释迦佛教法住世，原有五千五百年之因缘，因度女人，减五百年。释迦佛出世时，人寿八十岁。后每过百年，减寿一岁。至人寿五十岁时，战争迭起，风俗浇薄，毁坏佛说经典，塔婆制多，城池堡垒，亦多撤毁。天魔恶神，威势炽盛。天运无常，晴雨不时，五谷不登，饿殍遍地，疾疫时作，人不自主，兄弟相讼，母女相猜，女人多不贞良，小儿不受约束……

此一悬记问题甚多。佛的教法住世只有五千五百年之因缘，因度女人而减五百年之说甚离奇。而关于人寿云云，现可证明其说与事实不符。佛出世时人寿八十，后每百年减寿一岁，千万年之后减无可减，人种不灭绝耶？现在事实证明人类平均年龄是在延长，未见其缩短。大士奈何作此妄语？

竹林七贤

《水经注》:"魏步兵校尉陈留阮籍,中散大夫谯国嵇康,晋司徒河内山涛,司徒琅琊王戎,黄门郎河内向秀,建威参军沛国刘伶,始平太守阮咸等,同居山阳,结自得之游,时人号之为竹林七贤。"

《世说新语·任诞》:"陈留阮籍、谯国嵇康、河内山涛,三人年皆相比,康年少亚之。预此契者,沛国刘伶、陈留阮咸、河内向秀、琅琊王戎。七人常集于竹林之下,肆意酣畅,故世谓竹林七贤。"

何启明先生著《竹林七贤研究》,对于七贤事迹考证綦详,洵为最新之佳构。何先生在《前言》云:"竹林七贤,名属后起;竹林之事,亦难信真。"又曰:"竹林之事,既初传于晋世中朝以后,初非七贤生时之本有……而山阳故居,亦本无竹林。竹林诸人但如建安之七子,正始、中朝之名士,不过后人一时意兴所至,聊加组合耳。"结论曰:"竹林之事为后所造作。"此一论断似甚正确。不过何先生也承认"七贤生时固有所交往遇合也",否则后人亦不可能加以组合。

关于竹林,陈寅恪先生曾经有说,陈文我未读过,杨勇先生《世说新语校笺》(一九六九年十月初版)五四八页转引陈先生文曰:

竹林七贤,清谈之著者也。其名七贤,本《论语》"贤者避世""作者七人"之义。乃东汉以来,名士标榜事数之名,如三君、八厨、八及之类。后因僧徒格义之风,始比附中西而成此名;所谓"竹林",盖取义于内典(Lenuvena),非其地真有此竹林,而七贤游其下也。《水经注》引竹林古迹,乃后人附会之说,不足信。

陈先生博览群籍,时有新解,此其一例也。此处 Lenuvena 一词系误植,应为 Venuvena,梵文"竹林精舍"之意,音译为稗纽婆那。

按:《卫辉府志》"竹林寺在县西南六十里,旧为七贤观,后改为尚贤寺,又改今名,即晋七贤所游之地"云云。这是沿用《水经注》之说,不过标出了"竹林寺"之名,按晋时洛阳即有竹林寺,与内典所谓"竹林精舍"似相暗合。杨勇先生《世说新语校笺》认为"陈说有见",从而论断曰"竹林为一假设之地"。并且更进一步,根据"《文物》

一九六五年八月期,有南京西善桥晋墓砖,刻竹林八贤图,则有嵇康、阮籍、山涛、向秀、刘伶、阮咸、荣启期等八人",从而论断曰:"七贤、八贤亦一通名耳。"(八贤只举七人,王戎未列入。)晋砖之发现,饶有趣味,唯七贤之外加入荣启期,则事甚离奇。荣启期,春秋时人,与七贤相距约有千年,何以于隐逸高贤之中独选荣启期,与七贤并列,似嫌不伦。荣启期之为高人,吾人并无间言,其事见《列子·天瑞篇》。"孔子游于泰山,见荣启期行乎郕之野,鹿裘带索,鼓琴而歌,孔子问曰:'先生何乐也?'对曰:'吾乐甚多。天生万物,唯人为贵,而吾得为人,是一乐也。男女之别,男尊女卑,故以男为贵,吾既得为男矣,是二乐也。人生有不见日月不免襁褓者,吾既已行年九十矣,是三乐也。贫者士之常也,死者人之终也,处常得终,当何忧哉?"这一段记载,写出荣启期之旷达,跻身于八贤之列,自无愧色,唯冠以"竹林"字样,一似与七贤亦有交往者,斯可怪耳。

竹林也好,竹林寺也好,黄河流域一带可以有竹林则为不争之事实,晋戴凯之《竹谱》以为竹之为物"九河鲜育,五岭实繁",实非笃论。远至北平西山八大处,亦有竹林可以供人啸傲其间,何况河洛?"竹林"二字久已成为隐逸之代名词,所以竹林七贤、八贤之说,亦不必拘泥字面多所考证矣。

管仲之器小哉

以前在一张国语日报上偶然看到一位胡坤仲先生写的《管仲之器小乎》一文，他说起高一国文第十二课司马光的《训俭示康》有"管仲镂簋朱纮，山节藻棁，孔子鄙其小器"一语，当时学生提出质问："管仲那么奢侈，孔子怎么说他器量狭小？"这一问把胡先生问得愣住了。

《论语·八佾》："子曰：'管仲之器小哉！'或曰：'管仲俭乎？'曰：'管氏有三归，官事不摄，焉得俭？''然则管仲知礼乎？'曰：'邦君树塞门，管氏亦树塞门；邦君为两君之好，有反坫，管氏亦有反坫；管氏而知礼，孰不知礼。'"孔子说管仲器小，是以俭与礼二事为证。在孔门哲学中，俭与礼都是极关重要的修身法门，所以子贡称赞孔子的美德是温良恭俭让，俭最要紧，由俭可以知礼，因为都是属于克己的功夫。管仲奢侈，有三个小公馆，生活靡费，所以孔子说他器小。所谓器，就是器量，也可解为器识。

器有大小，非关才学。镂簋朱纮，山节藻棁，都是俭德有亏的明证。

何谓器小？何谓量大？于此有一旁证说明之。《魏志·文帝纪》注："若贾谊之才敏，筹画国政，特贤臣之器，管晏之姿，岂若孝文大人之量哉？"孝文是否大人之量，姑不具论。我们要注意的是，行文之间"贤臣之器"与"大人之量"是对等的名词。贤臣之器，管晏之姿，是比较小的。贤臣而器小，即管晏之辈也。

管仲不是一个简单的人，虽然在私人品德方面不无出入，在事功方面却颇有可称者。《论语·宪问》："子曰：'桓公九合诸侯，不以兵车，管仲之力也。如其仁，如其仁！'"九合诸侯（纠合诸侯之谓），不用战争手段，谁能像他这样的仁！所谓仁，是指他之不用武力而能纠合诸侯这件事而言。孔子又说："管仲相桓公，霸诸侯，一匡天下，民到于今受其赐。微管仲，吾其披发左衽矣！"这是说管仲不比匹夫匹妇之短见，不肯自经于沟渎，留着自己的一条命为国家人民办大事，故不能说"管仲非仁者"。这也是就事论事，赞美管仲之事功而已，并不是泛论管仲之全部的人格，更没有说管仲是一个品学无亏的仁者。

太史公于《管晏列传》之篇末，另有一解，他说："管仲，世所谓贤臣，然孔子小之。岂以为周道衰微，桓公既贤，而不勉之至王，乃称霸哉？"不辅弼桓公为帝为王，而乃以称霸为终极之目的,孔子之所以小管仲者盖在于此。这是司马迁的臆测,孔子未必有这种想法,看孔子对管仲的事功之极口称赞,便可知孔子必无是想。据《论语》所载,孔子小管仲,只是批评他的俭与礼方面的缺乏。司马光在《训俭示康》文中所涉及的管仲一事,显然与司马迁的解释毫不相干。孔子鄙薄管仲之为人,并不抹杀其事功,月旦人物[①]不是正应如此吗?

---

① 月旦人物:指品评人物。

《饮中八仙歌》

杜工部《饮中八仙歌》，章法错落有致。吴见思《杜诗论文》："此诗一人一段，或短或长，似铭似赞，合之共为一篇，分之各成一章，诚创格也。"王嗣奭《杜臆》也有同样见解："此系创格，前无所因，后人不能学。描写八公，各极生平醉趣，而都带仙气，或两句，或三句四句，如云在晴空，卷舒自如，亦诗中之仙也。"前无所因，是真的；后人不能学，倒也未必。学尽管学，未必学得好耳。不过此诗也有几点问题在。

八仙是四明狂客贺知章、汝阳王琎、左丞相李适之、侍御史崔宗之、中书舍人苏晋、诗仙李白、草圣张旭、布衣焦遂，杜工部自己不与焉。《新唐书》说李白"与贺知章、李适之、汝阳王琎、崔宗之、苏晋、张旭、焦遂，为酒中八仙人"，是又一说。杜工部虽然也好饮酒，也被人泥饮过，并不以剧饮名，后来病起就索性停了酒杯。何况八个人和杜工部也并不全是属于同一辈分。此诗成于何年,固难确定,要之总是天宝之初。仇沧柱注:"按史,汝阳王天宝九载已薨,贺知章天宝三载,李适之天宝五载,苏晋开元二十二年,并已殁。此诗当是天宝间追忆旧事而赋之,未详何年。"所论甚是。至于范传正"李白新墓碑"所谓"在长安时,时人以公及贺监、汝阳王、崔宗之、裴周南等八人为酒中八仙",则又是一说,无可稽考。无论八仙是怎个计算法,不能把杜工部计算进去。

八仙之中每个人酒量如何,也是一个问题。清嘉同(嘉庆与同治的合称——编者注)年间施鸿保著《读杜诗说》,他说:"今按此诗于汝阳则言三斗,于李白则言一斗,于焦遂则言五斗。即李适之言'日费万钱',据《老学庵笔记》等书,言唐时酒价每斗三百钱,故公有'速来相就饮一斗,恰有三百青铜钱'之句。此云万钱,则日饮且三石余矣,虽不定是此数,然亦当以斗计也。独于张旭但言三杯,杯即有大小,要不可与斗较,岂旭好饮而量非大户耶?然与汝阳等并称饮仙,不应相悬若此,或杯字有误。"施鸿保所提问题不能说没有道理,唯于此我们应有数事注意。

首先,所谓饮仙乃是着眼于其醉趣。尤其是要看在他醉趣之中是否带有仙气,并非纯是计较其饮量之大小。能牛饮者未必能成仙,可能不免于伧父①之讥。所谓仙气,我

---

① 伧父:泛指粗俗鄙贱之人,也指村夫。

想大概就是借酒力之兴奋与麻醉的力量而触发灵感，然后无阻碍地发挥其天性与天才。称之为醉趣可，称之为天性与天才之表现亦可。这是我们平素不容易看到的奇迹，所以称之为仙。至若烂醉如泥，形如死猪，或使酒骂座，或呕吐狼藉，则都是酒后丑态，纵然原是海量，亦属无趣。所以饮中八仙，量不相同，正无足异。唯所谓"日费万钱"，则须知李适之是左丞相，焉能日饮三石？所谓"费"，是指用于饮酒之钱。故仇注引"黄布曰：'日费万钱，饷客之用，皆出于此。'是也。"且人之酒量本有大小之不同，故酒曰"天禄"。我拍浮酒中者，也有五十余年，所遇善饮者无数，亲自所见最善饮者三五辈也不过黄酒三五斤耳（已醉之后狂饮，可能不止此数）。文人之笔下，好事者之传说，时常夸大其词，好像真有人能"长鲸吸百川"的样子。还有，酒与酒不同，要谈酒量必先确知其为何种之酒酿。如是醇醪，则不觉易醉，如是薄酒，多饮亦无妨。饮中八仙所饮何酒，我不确知。贺知章是会稽人，可能他所饮酒是秫制，秫即糯稻，可能即是今之黄酒。八仙虽根本未在一处饮宴，但诗中皆以斗为单位，这个斗字又是一个问题。斗若作为十升解，其容积为三百十六立方寸，约合美国二点六四加仑，一斗酒是相当多，三斗五斗岂不更吓煞人？假如斗作为酒器解，虽然我们不知道这斗究有多么大，只知道其形如斗，好像这样解释就比较容易接受似的。《诗经·大雅·生民之什·行苇》："曾孙维主,酒醴维醹,酌以大斗,以祈黄耇①。"可见大斗即是大杯,用以敬老。大斗不会是十升为斗的斗,老年人不可能喝下那么多的味道浓醇的酒。施鸿保的疑虑可能是多余的吧?

---

① 黄耇（gǒu）：年老。

万取千焉，千取百焉

读《孟子》，开卷第一节就有一句看不甚懂。

"上下交征利，而国危矣！万乘之国，弑其君者，必千乘之家；千乘之国，弑其君者，必百乘之家。万取千焉，千取百焉，不为不多矣。苟为后义而先利，不夺不餍。"大意当然很明白，是在言义利之辨，但是"万取千焉，千取百焉，不为不多矣"，这句话怎么讲？看了各家注释，还是不大懂。

《幼狮学志》第十三卷第一期有李辰冬先生一篇文章"怎样开辟国学研究的直接途径"，劝大家不要走权威领导的路，他的意思是不要盲目地信从权威，要有自己的真知灼见。假如权威人物的话是对的，我们当然要服从他的领导，但是权威不一定永远对。李先生举了几个例子，其中之一正是我憋在心里好久的孟子这一句话。依李先生的见解，"自从赵岐注错以后，两千年来更改不过来"，宋朝孙奭的疏，朱熹的集注，清朝焦循的正义，皆未得要领。李先生认为："解决这个问题很容易,只要把孟子书中所用的'取'字作一归纳,看看孟子是怎样在用'取'字,这几句话马上就释然了。"于是李先生翻《孟子引得》,"知道'取'有两种意思:一作'得'讲,一作'夺'讲"。"万取千焉……"里的"取"字是作"夺"解。其结论是"万乘之国夺千乘之家,千乘之国夺百乘之家,这是上征利;正对上句'万乘之国,弑其君者,必千乘之家……'而言,这是下弑上。'不为不多矣'是指春秋战国时混乱的情形"。

我想李先生的解释大概是对的,因为这样解释上下文意才可贯通。所谓交征利,包括下与上争和上与下争两件事。李先生充分利用《孟子引得》,决定"取"作"夺"解,其实"取"字本有此义。"取"字有好多意思,好多用法,在某处应作某种解释,就要靠读者细心体会,同时再参用李先生的统计法,就更容易有所领悟了。

但是我要指出另一点。孟子是有才气的人,程子说他"有些英气",《孟子》七篇汪洋恣肆,锋利而雄浑,的确是好文章。不过并不是句句都斟酌至当无懈可击。像"万取千焉,千取百焉……"这一句就有毛病,至少是写得不够明白。李辰冬先生说:孟子原文"语义多么清楚"!这一点我不大同意。如果原文语义清楚,赵岐便不至于误解。即使赵岐误解,也早该有人指出,何至于"糊涂了两千年"?即使大家都迷信权威,到如今我们说明其真义也就罢了,又何必借重《引得》(《孟子引得》),排比资料,然后才能寻绎其意义?"万取千焉,千取百焉"这八个字确是含混,所以才使人糊涂了两千年。"不为不多矣"一句也不够清楚,到底是什么东西"不为不多"?是"万"不为不多,还是"千"不为不多,还是上征利的情形不为不多?原文没有交代清楚。

我们的古书常有因为文字过简而意义不清楚的地方,也有因为作者头脑有时未能尽合逻辑而意义含混的地方,我们不必为贤者讳。西人有句话,就是荷马也有打瞌睡的时候。(Even Homer nods.)

生而曰讳

顾炎武《日知录》卷二十四："生曰名，死曰讳，今人多生而称人之名曰讳。《金石录》云，生而称讳，见于石刻者甚众，因引孝宣元康二年诏曰，其更讳询，以为西汉已如此。《蜀志》，刘豹等上言，圣讳豫睹，许靖等上言，名讳昭著。《晋书》，高颀言范伯孙恂，恂率道名讳，未尝经于官曹。束皙劝农赋，场功毕，租输至，录社长，召闾师，条牒所领，注列名讳。"又注："王褒《洞箫赋》：'幸得谧为洞箫兮。'李善注：'谧者号也。'号而曰谧，犹之名而曰讳者矣。"

按：生曰名，死曰讳，固为不易之论，但交接应对之际，自己称名则可，直呼对方之名则不可，言语中提及他人之时亦不宜简单地称名道姓，通常总要加上适当的尊称，这是一般人所公认的礼貌。临文之际，不说某人名某某，而曰某人讳某某，亦正是同样地表示敬意之一端。不必一定等到人死之后才用"讳"字。《日知录》所引的几个生而曰讳的例子是证明此种用法古已有之。

其实，生而曰讳不仅古已有之，近代作家沿用之者亦不乏其人。《水浒传》第二回史进问鲁提辖"高姓大名"，他回答说："洒家是经略府提辖，姓鲁，讳个达字。"是则自己称自己的名也为讳了。这是否为当时的滥用此字之一例，则不得而知。总之这也是生而曰讳的一例。袁子才《小仓山房尺牍·与王顺哉世妹》："寄上画扇一柄，湖楼即事诗，求世妹和之；转致令继母程夫人令妹讳女中者和之，即交碧梧世妹处寄来。"如不曰讳而曰名，岂不唐突？是生而曰讳，有时有此必要，虽与字之原义不合，无伤也。

若干年前我编一刊物，采一来稿，记当代某公逸事，第一句是"公讳某……"引起一些人的批评，以为生而曰讳，不但不通而且不敬。须知语言文字是活的，是随时有变化的，如果每个字都以使用原义为限，真不知我们的语文要贫乏到什么程度。在另一方面，用字以原义为限，恐怕有时又非大众所能了解。总之，<u>语文之事应以约定俗成为准则，似不必泥于古</u>。

复词偏义

　　胡云翼编注《宋词选》，有两处指出"复词偏义"的例子。一是辛弃疾《贺新郎》："问渠侬，神州毕竟，几番离合！"注曰："离合，复词偏义，指离，指中原土地被侵占。"一是黄机《霜天晓角》："草草兴亡，休问功名，泪欲盈掬。"注曰："兴亡，这里是复词偏义，指亡说。"所谓复词偏义，是一个修辞学的名词，意为两个意义相反的字连成一个词，而只用其中一个字的意义。离合，只是指离。兴亡，只是指亡。

　　这样的例子，唐诗里也有。施鸿保《读杜诗说》指出杜诗中三个例子。一是《送韦书记赴安西》云："欲浮江海去。"注曰："今按《日知录》言，古人诗文有一字相连并用者，此江海亦然，本但用《论语》乘桴浮海意，江则相连并用字也。"一是《收京》云："克复诚如此，安危在数公。"注曰："今按公诗，犹有'安危大臣在'，'安危须仗出群材'，皆是常语，犹得曰得失，是曰是非之类，《日知录》详之。"

一是《诸将》云："多少材官守泾渭。"注曰："今按诗意是多。云多少者,犹安危是非之类,《日知录》所谓有连及也。"施氏特别标出顾炎武《日知录》所谓"词有连及"之义,亦所以表示已有人指陈在前,不欲掠美之意。

按《日知录》卷二十七通鉴注,原文是这样的:

虞翻作表示吕岱,为爱憎所白。注曰,谗佞之人有爱有憎而无公是非,故谓之爱憎。愚谓爱憎,憎也。言憎而并及爱。古人之辞宽缓不迫故也。又如得失,失也。《史记·刺客列传》："多人不能无生得失。"利害,害也。《史记·吴王濞列传》："擅兵而别多佗利害。"缓急,急也。《史记·扁鹊仓公列传》："缓急无可使者。"《史记·游侠列传》："缓急,人之所时有也。"成败,败也。《后汉书·何进传》："先帝尝与太后不快,几至成败。"同异,异也。《吴志·孙皓传》注:"荡异同如反掌。"《晋书·王彬传》："江州当人强盛时能立同异。"赢缩,缩也。《吴志·诸葛恪传》："一朝赢缩,人情万端。"祸福,祸也。晋欧阳建《临终诗》："潜图密已构,成此祸福端。"皆此类。

事实上此种词语见之于古人诗文,我们的语言里也有类似的实例。《红楼梦》里有这样的句子:"不要落了人的褒贬。"按:褒是誉,贬是毁,春秋以一字为褒贬,两个字代表截然不同的意思，可是二字连用在我们日常用语里却是有贬无褒。落了褒贬就是受人责难之意。不但《红楼梦》有此用法，现行的国语仍有此一义，所以《国语辞典》也收有褒贬一语，释为贬抑之意。

常听人说："万一有个好歹，我可负不起责任。"此"好歹"一语当然是指歹，不是指好，意为不幸的事。"人有旦夕祸福"，指祸。我想类似的例子还多的是。

复词偏义实在是不合理，斥之为"不通"也未尝不可；不过语言文字的形成时常有不合逻辑的地方，约定俗成，大家都这样沿用，我们也只好承认其为一格。析理过细，反倒像是吹毛求疵。

海晏河清图

关于石涛有许多难解的谜。他的生卒年月就不易考订。有人说他生于崇祯三年,有人说是崇祯十三四年,更有人说是顺治十七年,相差有三十年之多。卒年亦无定论。总之他是明末清初之人。他是明朝靖江王的后代,他的父亲不肯依附唐王,卒至被杀。如果他是生于崇祯三年,崇祯殉社稷的时候他该是十五岁,家恨国仇,落魄王孙,万不得已,遁迹方外,曾有小诗一首:

诸方乞食苦瓜僧,戒行全无趋小乘。
五十孤行成独往,一身禅病冷如冰。

我们不能不同情他的身世。他的画超逸拔俗,和他的世外高人的身份也正相吻合。

但是相传在康熙南巡江南的时候他曾两度见驾,而且方睿颐《梦园书画录》还记载了他的一首诗：

无路从容夜出关，黎明努力上平山，
此去罕逢仁圣主，近前一步是天颜。
松风滴露马行疾，花气袭人鸟道攀，
两代蒙恩慈氏远，人间天上悉知还。
甲子长干新接驾，即今己巳路当先，
圣聪忽睹呼名字，草野重瞻万岁前。
自愧羚羊无挂角，那能音吼说真传，
神龙首尾光千焰，云拥祥云天际边。

方外高人似无山呼万岁的必要。诗亦俚俗，不似大家风范，故有人疑系捏造。画可以仿制，诗又何尝不可伪造？

近台北故宫博物院展出罗志希先生生前收藏书画，其中有石涛所绘《海晏河清图》一小幅，很有趣味。画幅很小，横约一尺，高六七寸。题识如下：

海晏河清

东巡万国动欢声，歌舞齐将玉辇迎。
方喜祥风高贷狱，即看佳气拥芜城。
尧仁总向衢歌见，禹会遥从玉帛呈。

一片萧韶真献瑞，凤台重见凤凰鸣。
五云江上起重重，千里风潮护六龙。
圣主巡方宽奏对，升平高宴喜雍容。
明良庆合时偏遇，补助欢腾泽自浓。
拜手万年齐献寿，铭功端合应登封。

"海晏"是海不扬波之意，河水千年一清，都是表示天降嘉应盛世升平，对帝王极尽奉承之词。看这一首诗，再看前述见驾诗，其口吻十分相似。无论见驾诗是否伪作，此诗大有可能是出于同一手笔。此画右下有"己巳"二字，见驾诗亦有"即今己巳路当先"之句，己巳是康熙三十八年（一六九九），是年帝南巡。画中"己巳"二字与题诗书法相同。如果见驾诗不是伪作，则此诗此画想亦非赝品。

现在不谈真伪，就画论画。海不扬波与黄河水清是两件事，画在一起颇为不易，祥风佳气更是难以表达于尺素之间。石涛上人执笔之前想必大费周章。画的近处是两个高岗，寒林点点，远处有船桅露现，再远处是茫茫的渚涯，可能是黄河入海处了。画中不但没有楼阁，没有人物，而且一片荒寒萧瑟之气，若不点明海晏河清，观者很难体会其善颂善祷之用意。我尝想，文人雅士在帝王淫威之下有时会实逼处此，不能免俗。石涛此作也许有他不得已的苦衷在。但是，我看了此画，很不舒服。

孝

　　元人郭居敬撰《二十四孝》以训童蒙，用意甚善，但由现代眼光来看内容颇多不妥。李长之先生曾作《和汉二十四孝图说》书评，刊于天津《益世报》我所主编的"星期小品"第二十四期（在民国二十四五年间），其中有这样的一段：

　　例如"王祥冰鱼"这件事吧，用人体去解冰而得鱼，实在太残忍。如果像北方这样厚冰，可说绝非体温所能融化，如果冰不太厚，而体温可融，则体重恐怕又立刻成了问题，会沉下水中。这样的故事，可说完全出自一种虐待狂的想象。在一个健康的民族是不会产生的。我们幸而有原始的王祥故事在，那是见于孙盛著的《晋阳秋》：

　　后母数谮祥，屡以非理使祥，祥弟览辄与祥俱；又虐使祥妇，览妻亦趋而共之。母患方盛，寒冰冻，母欲生鱼。

祥解衣，将剖冰求之。会有处，冰小解，鱼出。

这就近情得多。王祥去求鱼，是想剖冰，那便只有用刀斧了，而不是用体温；他之解衣，也只是为了用力的方便，并非想要裸体；至于鱼之出来，乃是偶然，乃是有一块地方冻得不厚，逢巧融化而已。王祥的母亲是一个继母，委屈从命也就罢了，要说冒了性命，用体温去融冰得鱼，那太有些不可理解了。

我曾以台北坊间所印《二十四孝图说》为儿童讲解，讲到郭巨埋儿一段，我感觉很难讲下去，这个儿童天真地破口大骂郭巨："浑蛋！"我为之愕然。因思"孝"是一件最平凡而又最自然的伟大人性之表现，训童蒙应选近情近理之事迹，不宜采取奇特难遇之情况为例证。郭巨埋儿是很难得遇见的情况，埋不见得是孝，不埋亦不见得是不孝。《礼记》："烹熟鲜香，尝而进之，非孝也，养也。"至于牺牲了自己的儿子来养亲，像这种孝法我们难得有实践躬行的机会。

孝父母与爱子女连续起来是一桩事，一是承上，一是启下。偏重承上，与偏重启下，均不得其正。

人在风木兴悲的时候才能完全懂得如何是孝。

清人陆以湉《冷庐杂识》录徐灵胎《洄溪道情·劝孝歌》，语虽俚而真挚动人，愿抄在这里：

五伦中,孝最先。

两个爹娘,又是残年。

便百顺千依,也容易周旋。

为甚不好好地随他愿?

譬如你诈人的财物,到来生也要做猪变犬。

你想身从何来,即使捐生报答,也只当欠债还钱。

哪里有动不动将他变面!

你道他做事糊涂,说话欹偏,

要晓得老年人的性情,倒像了个婴年,

定然是颠颠倒倒,倒倒颠颠。

想当初你也将哭作笑,将笑作哭,做爹娘的为甚不把你轻抛轻贱,也只为爱极生怜。

到如今换你个千埋百怨!

想到其间,便铁石肝肠,怕你不心回意转!

第二辑
尺牍寸心

写给刘英士先生的信

刘英士（1899—1985），江苏海门人，原名善乡，字英士，后以字行。美国哥伦比亚大学哲学硕士，"新月派"重要成员之一。曾任暨南大学、中国公学、安徽大学等校教授，国立编译馆编审，教育部参事等职。主编《图书评论》和《星期评论》，著有《欧洲的向外发展》等书。

英士：

　　我大病几死，热极时不省人事，满口英语，人之将死，其言也洋。《男人女人》稿费早已领到，且收条亦已补缴，绝无迟误，想必为足下弃置字簏，如须补填，请即寄下收据可也。兹附上另一收据，乞收。光旦未来碚，未得一晤，甚以为憾。我作《新世训》书评，虽是不经心之作，但因此书评而购原书者颇不乏人，因人皆谓我轻不许人，故言必非谀也。

弟实秋顿首 四月廿四

这两篇的稿费大概仅足我一次发疟的药费,惨。

英士:

连发疟五次,奄奄一息,奉来书强勉连写两篇呈政①。书评颇想写,但无书,焉得有评?贵刊久不出,读者均终有变。《总统在为和平而努力》一文标题欠妥,"总统"二字之上必须加一"美"或"罗"字,理由甚显。十一月中弟需赴渝,盼能一晤。我的小品《孩子》一文,是不是登在第二期?请补寄一份,土纸本亦可。

实秋顿首 九月十七

英士:

稿收到否?兹查光明书局出有胡明著《现代世界经济讲话》四百余页,唯不知此书有无一评价值,又不知已有人评过否?乞示及〇〇②近来精神食粮,异常缺乏,来路货尤缺,贵社经费充裕,可否购来一些,朋友亦得分润?

实秋顿首 九月十九

---

① 呈政:敬辞。 犹言请指正;呈上请指正。政,同"正"。
② 信中〇〇,因原函脱漏,无法辨认。

写给孙伏园先生的信

伏庐,即孙伏园(1894—1966),浙江绍兴人,作家、名编辑。先后任《晨报》副刊和《京报》副刊主编、《时事新报》主笔、北京版本图书馆馆长等职,著有《伏园游记》《鲁迅先生二三事》等。梁实秋先生,原名梁治华,曾给孙伏园先生主编之副刊投稿,本信写于1922年8月20日。

伏庐先生:

前蒙赐晤,快慰平生。

《冬夜评论》可否登载?因系友人托嘱,故敢渎问,请明以告我。

足下曾云:"适之先生近亦有论诗的文字。"不知载在何处。因急于一读,望暇时示及。

昨读副刊中之《夏夜梦》,大妙!用意之刻颇似《阿Q正传》。大概是浪漫主义与写实主义掺搅成功的吧。但是今天的副刊又不继续登了,怅甚!

祝你健康!

弟梁治华 八月廿日

写给舒新城先生的信

舒新城(1893—1960),学者、出版家,湖南溆浦人。早年从事教育事业。1925年至中华书局工作,主持编纂《辞海》。新中国成立后任上海市政协副主席、全国人大代表。编著有《中华百科辞典》《近代中国教育思想史》等。

新城先生:

执事前承约编《文艺批评纲要》及《现代英美文学》二书,盛意至感。弟自离沪后南北奔波,数月间迄未安顿,至今方稍得暇晷。唯两年均未动手,若不宽假期限,诚恐有误出版。盼即另觅高明,以免延误。专此道歉。即颂
著安

弟梁实秋顿首 十一月四日

新城先生：

　　我最近译了一部英文小说《织工马南传》，计十万字，我想要卖五百元，不知中华书局肯买否？这本小说我想你一定知道的。因为原文已由中华翻印编为"英文文学丛书"之一了。我想你们既印了原文，正好再把译文印出来。希望早些得到您的回信。即颂
著安

弟梁实秋拜上　九月十五日

新城先生：

　　前得复书，承允印拙译《织工马南传》，盛意至感。该书既未能列入世界文学全集，稿费格于定章，则弟亦不敢相强。已另售与他家矣。兹复有恳者，友人费照鉴君执教武汉大学两年，现在青岛大学与弟为同事，对于文学造诣极深。近作《浪漫运动》一书，凡数万言，属弟一言为介。书稿已由费君直接邮上请教。贵局能否收印是书？恳早裁复为幸。至于稿费一项，则费君并不计较也。琐渎乞亮。即颂
大安

弟梁实秋顿首　十月廿七日

新城先生：

遵命将拙稿《文艺批评论》应备之序文、编辑凡例、各章问题及参考书目等项拟就，另邮呈教。如有不合之处，请斧正为荷。将来出版时，乞赐下数册，特先请求。

在贵馆出版英文《织工马南传》，秋曾在此间用作课本，唯内中注释错误不少。秋曾译为中文，已由新月出版，现拟再印一中英对照本，未审贵馆可以担任印行否？请便赐复为感。即颂

大安

弟梁实秋拜启　十一月六日

新城先生：

兹另包挂号寄上赵少侯先生译《恨世者》一稿。赵君系敝校法文教授，文学造诣颇深，在《新月》增刊《迷眼的沙子》一册，在商务曾印《山大王》一册，均蒙好誉。彼现因需款，欲将此稿售与贵店。如蒙接收，可在明年贵店出版之《大中华杂志》逐期刊载，可印单本，作为"世界名著丛书"之一。此稿经弟校阅无讹，可为担保。稿费多少悉听酌裁，乞勿却为祷。即候

大安

弟梁实秋拜启　十二月十七日

写给刘白如先生的信

刘白如先生（本名刘真），安徽凤台人，1913年生。安徽大学哲教系毕业，并在日本东京高等师范及美国宾州大学研究三年。历任台湾师范学院院长、台湾师范大学校长、台湾省教育厅长等职。重要著作有《办学与从政》《欧美教育考察记》《劳生自述》等二十余种。梁实秋先生1949年7月来台，即应刘氏之聘，任师院（台湾师范大学）英语系主任、文学院院长。1987年11月3日，梁先生病逝，刘氏亲自为其主持丧葬事宜。

白如校长吾兄：

弟初来台，承兄不弃，嗣弟转就台大，又荷挽留，盛情可感。如有驱策，不敢言辞。唯文学院院长一职，非弟所能胜任，对于行政事务，苦乏兴趣。敬请另觅贤能，使弟能安心教学，倘有寸进，皆兄所赐。掬诚奉恳，敬希见谅。

原件璧还，幸无怪罪。专此即颂

刻安

弟梁实秋顿首 一九五五年五月廿七

白如吾兄：

　　英语中心第一批结业生，各校争相延聘，兹附表请阅。分发实习事，今年全由厅方办理，故特附上此表，敬希尽量按照此表分发，因与各校均已洽妥。此是弟离职前唯一请求，务恳会知主管人员注意，拜托拜托。

　　日前杜校长送聘书来，弟已面辞，我心已决，不可复留，兄现虽已不在校，而弟在卸辞之际仍不能不在兄前喋喋也。

弟梁实秋顿首 六月一日

白如吾兄：

　　一年容易，又是岁阑。承赐贺卡，谢谢。《雅舍小品续集》乃是汇集旧作，真是雕虫小技，不足齿也。弟所撰《英国文学史》，奋力以赴，进度迟缓，现仅成三分之一强。古人云"学然后知不足"，弟今不学亦知不足，以英文学范围之广，深感自己知识不足，同时又不愿强不知以为知，于是苦矣！所幸此间环境良好，弟除每日外出散步外，足不出户，唯伏案而已。文蔷本在夜间部授国画，现已辞去，改任当地一所 Community College（专科学院，等于大学预科）讲授食物与营养,专任,每周五日早去晚归,虽然辛苦,得用其所学。铨叙资历时以在师大任助教之故,而加薪数级,此皆吾兄之赐也。

西雅图地当东西要冲,常有朋友往来过此,故对岛内情形弟不隔阂。顾一樵赴大陆,归来后带了不少消息,亲朋故旧多已成鬼!最近家人来信,告以家慈于十年前弃养,享寿九十,弟至此始知已成无父无母之人矣,痛哉痛哉!

近看报端广告,吾兄著作不少,讲学之余犹亲笔砚,至可佩也。冬寒珍摄。即颂

年安　嫂夫人安

弟梁实秋顿首　一九七三年十二月十九

白如兄嫂:

内人程季淑于今日逝世。散步时被路边铁梯倒下压伤,手术后麻醉不醒,心脏衰竭不治。享年七十四岁。谨此讣闻。

梁实秋　一九七四年四月卅夜

白如兄:

惠书敬悉。

老兄兼任教育部人文指导委员会事,能者多劳,信而有征,敬为兄贺。

人文主义乃西洋名词,与我儒家思想暗合,弟于五十

年前即向往之，在文学方面弟倡人性论，辟左派阶级论之邪说，而听者藐之。今教育部知人文之重要，是大好事，盼兄鼎力擘划之。唯空言倡导，无济于事，需有事实作为方不落空。弟老矣，无复当年勇气。幸矜亮之。

弟未转移阵地，实乃胡有瑞之坚持，报以短文三篇，债已偿。

春寒仍厉，珍重珍重。

弟梁实秋顿首 一九八六年三月廿六

写给张佛千先生的信

张佛千(1907—2003),安徽庐江人。曾在北平办《老实话》旬刊、《十日》杂志及《阵中日报》。追随胡宗南将军时,梁实秋先生为参政员组团劳军,道出西安,张奉命招待,始与订交。后为孙立人来台练新军,梁先生亦避难来台,与张重逢。

张先生在《联合报》副刊写《一灯小记》、《中国时报》副刊写《花下散记》。《九万里堂制联》曾在台湾和香港地区九种期刊同时刊出不同的作品。近赶写回忆录,连同诗词散文,编成《九万里堂丛稿》,共计七种十二册,当梁先生在世时,张已请他作了序。梁在画梅中有小跋,引朱熹《梅花赋》:"宋玉进曰:'美则美矣。臣恨其生寂寞之滨,而荣此岁寒之时也。'"梁以此勖张慰张,可见二人交谊之笃。

佛千吾兄：

辱书拜悉。弟于诗词毫无根底，往往平仄失调，遣词欠妥，承指示，感激之至。兄不仅一字师也。

"饱饭"下落四字一句，为"早停浊酒"。盖弟因病困，早已与酒绝缘。

鬼是洋鬼子。近年来美国男男女女披头散发确似活鬼。

"秋来饮啄，不见鲈药"，改为"秋来兴发，空忆鲈莼"如何？盖欲避免"酒"字。

"海曲"之"曲"为仄声，因见前人有用仄声者，但诚如尊教宜为平声始音节流畅，请改为"隅"如何？

兄之诗词工稳老到，潇洒自如，弟实佩服之至。论词之起源及发展，脱稿之日，幸赐一读，至祷至祷。专此即请

大安

弟梁实秋顿首　一九七三年七月八日

佛千吾兄：

顷接台北故宫日历一册，既有阴阳日历可察，复逐日有古物照片欣赏（二月二十与五月廿四重复），实日历中最佳之作，拜领谢谢矣。弟来此倏已一年半，无善可述，唯老丑之态日增，近患牙疾，又拔去一枚，所余无几，真所谓头童齿豁。

偶见《大华晚报》，先生大作仍有披露也。弟居此环境优美，而生活颇为枯寂，因友朋过往太少之故，然因此读写时间较多，亦有收获。日前友人徐道邻君病故，弟于客中执绋送丧，心情凄然久之。近日与大陆亲友可以直接通信，故旧大半均已成鬼，侄甥辈来书满纸生产建设，无片语只字话家常，下一辈人乃如此，真可怖也。谢冰心与顾一樵在北平长谈五小时，我问顾所谈何事，顾避而不谈，仅以当时照片见贻。此中消息可思过半矣。顾在大陆居留两周，题诗有"共庆稻粱收大地，惊看日月换新天"语，刊北京报端，港报亦转载，成一时新闻。天寒珍重，顺颂
年安

弟梁实秋顿首　一九七四年一月十日

佛千吾兄：

辱书及大作均已奉悉。文中齿及下走，荣幸何如。"大人"前曾阅及，内容充实，确为难得之刊物，改组后不知如何。台湾刊物量胜于质，弟离台后赖朋友偶尔寄阅几种，与台湾不至于全失联系，如是而已。弟在此不开汽车，活动范围不出周围一英里，朋友不多，各有事累，难得存问。故终日非读书写稿不可。杜诗"贫病他乡老"，弟于此外尚有孤独之感。因思隐居诚非易事，需要修持。王恺和先生写《孝经》，极佳，谢谢。唯卷首注明附白话文解释，但遍寻不着，

不知何故。

尊恙肺炎已告痊愈，台湾天气不佳，应特别珍摄，勿过劳。服膺之方块文，久不读，尚读写耶？匆此即颂
大安

     弟梁实秋顿首 一九七四年二月十八

佛千吾兄：

八月二十日大函奉悉。前承寄《联合报》副刊尊稿，收到未即复，为罪。弟自遭惨变，身体健康尚能维持，唯精神苦痛非言可宣。从前读古人之悼亡诗，总觉事不干己，嫌其辞费，如今轮到自己，方知惨痛！近因怀念亡室，写一短文约五万字，述五十年来共同生活之琐事，年内可以出版，届时当呈教也。

何怀硕今日飞美，据告九月十二日左右将专来西雅图一晤，弟正扫径以待。董阳孜书画均佳，我甚欣赏，唯带有日本气之狂草，则非吾之所喜。以其已具备之功力，仍宜遵循传统正途迈进。尊意以为然否？

尊作"杂记"专栏，必定精彩，弟亟欲拜读也。

西雅图为水陆码头，过客甚多，"海外学人"传来台湾消息不少。弟原拟十一月返台一行，现因小女不甚放心，欲俟其十二月中旬放假时与我偕行，只好从之，故十二月中旬当可到台北一聆教益。尊寓电话号码，便中请示知。

弟在台北只能停留半月也。匆此即请

大安

弟梁实秋顿首 一九七四年八月廿七

写给林海音女士的信

林海音女士，原籍台湾苗栗，生于日本，长于北平。曾致力于小说、散文、儿童文学等范畴，集作者、编者与出版者于一身。著有《城南旧事》《剪影话文坛》等文集数十部。最新作品是《隔着竹帘儿看见她》和《写在风中》两本散文集。主编《联合报》副刊期间，提携文坛后进无数。创办《纯文学》杂志，主持纯文学出版社，对现代文学的耕耘与推广，不遗余力。她和梁实秋先生及梁夫人，过从甚密，是乡亲，是文友，也是双方家庭中的常客，友谊数十年如一日。

海音：

收到《纯文学》，谢谢你。在海外读到中国杂志，如他乡遇故知，别有滋味。信封上的住址你写错了，是35th Ave，不是3th Ave，但是幸而有98125字样，邮差认识姓名，依然投到不误。这一期的内容很丰富，花了我一天工夫大致读完。

台北海关根本对出境客不检查行李,可是西雅图海关十分严格,我带了一包豆腐干,美国佬硬说是肉制品,意欲没收,几经说明无效,最后请来农业部专员鉴定,方允放行。他们态度并不坏,检查严格而脸上始终有笑容,一面要没收人家的东西,一面嘻嘻哈哈说笑话,并不绷脸皱眉,这就是美国人的可爱处。

西雅图好冷好冷,早晨(华氏)三四十度,最热的一阵不过(华氏)五十几度。我们穿的衣服是春天的,此地气候是严冬!我们除了在家聊天,就是上街买东西——与其说是买,不如说是看。美国市场琳琅满目,看了真想买,一想二十公斤的行李限制,心就冷了。吃的嘛,可口的不多,还是我们台湾的好——不过小红萝卜真好,又嫩又甜又有水儿,比咱们北平的好像还胜一筹。不知你同意否?

我此次来不敢惊动任何人,不料报纸上登了一条小新闻,海外版也照登,钟露升看到了,他一加宣传,立刻就成了新闻。我在西雅图小憩,想到东部去。内人在飞机上下时,晕得厉害,欧洲之行怕有取消之必要。好在莎翁已经去世,凭吊故居也没有太大的趣味。不去也罢。我们身在海外,心在台湾,想念我们那个污脏杂乱的家园!

祝安

梁实秋顿首 一九六〇年四月卅日

　　　　　　内人附候

海音：
　　我们今天飞到美国去了，连日阴雨又值感冒，未能走辞，乞谅。垂暮之年，远适异邦，心情如何可以想见。匆此即颂
大安
　　承楹兄好
　　　　梁实秋顿首　一九七二年五月廿六
　　　　　　内人附笔

海音：
　　收到你的信，三张照片，照得好，洗印得好，只是其中有两个老丑不大好看。我每天早晨洗脸，不敢抬头照镜，然而，然而，有什么办法！前几天收到王节如写的三页长信，字迹有一点倾斜，看来这场病势不轻。据她说还要静养几个月。
　　谢冰莹也有信来，据告不拟再开刀。我觉得她太不幸了，我很同情她。她是一个很厚道的人。最近我收到大陆直接寄来的一封信，是我们一个外甥从清华大学寄来的，这是这些年我第一次收到贴用那种邮票的信。大陆上的好多亲友都故去了！我母亲于十年前逝世，享寿九十，到今天我

才知道，椎心惨痛！

  顾先生有信给我（没回答我的问题），他是携夫人女公子返去探视亲旧的，那边报纸有登载，还有照片，顾先生都复印给我看了。来书所述夫人患癌故去探视云云，不确。此间已下雪，唯落地即融，还没冷到程度。女儿外孙和你一道返台，府上热闹可想。我P.R.杳无消息，谁说外国人办事敏捷，其不便民无以复加也。匆此即颂

大安

  何凡先生好

        梁实秋顿首 一九七三年十一月十日

              内人附候

海音：

  内人不幸于四月三十日晨外出散步，被路边油漆铁梯倒下击伤。急救行手术后未能从麻醉中醒转，遂告不治。享年七十四岁。于五月四日葬于公墓。友人浦家麟从纽约，陈之藩从休斯顿，闻讯赶来，至为可感。现正办理法律手续。我突遭打击，哀哉痛乎，何复可言！心慌意乱，恕不多写。

即祝

大安

  承楹先生均此不另

         梁实秋顿首 一九七四年五月五日

海音：

　　得惠书及照片八帧，感激之至。看见灵堂景象，当然伤心，但是仍然想看。一面看一面流泪。明天是"断七"，要去上坟，以后就不定期地去了，已约花店每星期送一花束。一个多月来，我表面上较前稳定一些，内心苦痛则无时或已。文蔷已放暑假，可以不上学了，这一个月来，常常整天家里只我一人，一个人做午饭吃，真不是滋味，有几天两个孩子回来伴我吃饭，我心里另是一番难过。院里的花比去年旺盛，我不敢去看，一看就要大恸。寝室内一年四季皆有插花或盆栽，今后一律免除。我不能再看见花，一见花就只想摘下来送到坟上去！附上两张照片，去年照的，今年还没来得及，惜花人已长埋地下矣！匆上即请
大安

　　　　　　　梁实秋顿首 一九七四年六月十四

　　请告承楹先生，我感谢他在《国语日报》发新闻，陈祖文已剪报寄下矣。

写给余光中先生的信

余光中,祖籍福建永春,因孺慕母乡,神游古典,亦自命江南人,1928年生于南京。曾任台湾师范大学、台湾政治大学、香港中文大学教授,现任教于高雄中山大学外文研究所。作品有诗、散文、评论及译作等四十余种。

余光中是梁先生的学生,时相过从。先生辞世,余光中曾编纪念文集《秋之颂》,并协助筹划梁实秋文学奖。

光中:

别来刚满半年,日前申请延期居留,尚未得批复,如不准,当即摒挡作归计,亦良佳也。在此居住,一切都好,唯饮食不佳,牛羊腥膻,不如我们的青菜豆腐。以前胃健,甜咸冷热一律不忌,如今年事稍长,亦不免挑三拣四矣。又加新染胃病,时复一发,不能不加小心。一饮一啄,莫非前定,人生到此,喁喁而已。所编《英国文学史》,野心太大，实力不足，日夜苦读，犹不足以补苴①知识上之遗阙，现完成尚不及半，以言杀青，人寿几何？尽力为之而已。夏菁返台，失之交臂，怅何如之！不知现在是否仍在牙买加，便中告我其通信住址。台湾政治大学系务繁杂，可想而知，文书鞅掌之余，不知尚有诗兴否？此间已届初冬，红叶落尽，唯待降雪使我一开怀也。匆此即候

近安

梁实秋顿首 一九七二年十一月廿五

光中：

得来书，甚喜。介绍信附上，希望你能顺利成行。香港在某些方面可能比美国还好些。至于学校好不好倒无所谓，因为教书本非我们的本愿，不得已而为之，在哪里执教都是一样。匆此即颂

近安

梁实秋顿首 一九七三年七月六日

---

① 补苴（jū）：弥补（缺陷）。

写给陈祖文先生的信

陈祖文先生,河北唐山人,1914年生,1990年逝世。北京大学外文系毕业,后赴英国里兹大学及美国哈佛大学从事研究工作。1949年起在台湾师范大学英语系执教,退休后仍继续担任兼职教授至逝世为止。毕生献身英语及英美文学教学,对英美诗歌、莎士比亚钻研颇深,是梁实秋先生北大的学生,交往密切。

祖文、陈太太:

我们现已返回西雅图。祖文检查身体后,想必一切安好。饮食起居,务必注意。我们到华府盘桓三天,人困马乏,仍然是走马看花,目不暇给。在纽约,浦家麟、陈达遵夫妇,张之丙,徐建文来接。住了四天,每天跑得两腿清酸。美国的食物真不好吃,在纽约吃到够水准的中国酒席。此外各地一律的牛排炸鸡之类,吃久了难以下咽。在加拿大吃到一碗芥菜豆腐汤,大为高兴。此行最感兴味的是水牛城之尼亚加拉瀑布,我们在美国方面住了一夜,到加拿大方面又去住了一夜,看夜景很有趣。瀑布雄伟,不愧为世界奇景之一。随后我们到了 Detroit(底特律)住了两夜,参观了福特王国的一切设施及纪念物。祖文译过《福特传》,一定知道他的一切。此人确是一个人物,不但有毅力眼光,而且有服务人群的热忱。财富之雄厚,固然惊人;而其为人更为难得可贵。他的住宅壁炉,有一排字"Chop your own wood and you'll get warmed twice"(砍自家柴,取两次暖)意义深长。我们二十三日飞返西雅图,家里锁窗闭户凡两星期,一无损失,只是干死了两盆小花。美国的治安还是比我们强。东部之游告一段落。西部当再出游一两次,然后就要归去来兮。达遵也不主张我去斯特拉福,他的理由是:莎氏在十八岁就离开家乡,老时没住几年就死了,斯特拉福不是他一生活动的背景,有何可看?达遵与我长谈,他说明年或后年夏天返回台湾过一个夏天。目前他在联合国做事,收入不恶。张之丙嫁了外国人,我事前还不知道。此地天气真好,不热,早晚很凉。匆此即颂

双安

梁实秋拜启 一九六〇年六月廿四日
内人附候

祖文：

十月十二日函诵悉，知明年有机会可以来美一游，甚为欣喜，希望能成为事实。我们在此已将近五个月，一切并未习惯，只是麻木了，不适应也得适应。中秋节糊里糊涂地过去，因为这里很少人还记得阴历。昨天是重阳，今天才发现。双十节那天，因为领事请酒会，才没忘记，这种应酬我一向不参加，如今国家多故，倒不好不去捧场，有三四百人参加，中外皆有，唯独缺乏年轻的学生，好像一个都没有。

此地深秋，枫红似火，人谓"枫（霜）叶红于二月花"，我则谓霜林亦知衰老，犹人之华颠。旬日之内，红叶均将脱落，委弃于尘埃中。肃杀之气，令人悚然。

近读郭沫若《李白与杜甫》一书，虽多宣传意味，但亦颇多新解。斥杜甫为地主阶级，为统治阶级服务，列举许多诗句为证，可发一笑。

陈宏振先生是清华毕业，比我早约十年，此际应在八十岁左右，他英文根底好，只是太老了，住在政大（台湾政治大学）前来兼课，得毋过于劳苦？

每日读台湾航寄报纸，得知台北一切新闻，同时看此间报纸及各种刊物，对于岛内大事不能不抱隐忧。如今美国并无撤退意图，俟大选揭晓，局势当更趋明朗。

内人健康尚可，血压及风湿均未大犯，只是对此间饮食不能满意，难得买到一次豆腐或豆芽，颇怀想台北菜市所能买到的一切一切。我欣赏本地特产的苹果，现正大量上市，二角五一磅，新鲜甜美，梨亦不恶，葡萄已过时。这里一切都贵，唯鸡蛋比台北廉，约三角一打。在台湾想出来玩玩，出来又想回去。如此人生！匆此即请

大安、尊夫人安

梁实秋顿首 一九七二年十月十七日
内人附候

祖文：

七月廿八日函收到。你译完了《当代美国诗》，真是可贺。当代诗比过去的诗难译，一则是没有注解，全凭自己揣摩；二则是写作方法不同，侧重内心直觉，往往难以索解。译者必须细心体会方能懂得作者之用心，此事非你莫办。我相信你的翻译必定精彩。

我写的《英国文学史》，因生活动荡，搁下了很久。现写完了弥尔顿，十七世纪尚有一半待写。古代固然难写，近代的也有其不易处理之点。我自讨苦吃，不知何日完成。深悔下手太迟，如二十年前动笔，情形完全不同矣。暇时在读《诗经》，已读完国风部分。深觉好大部分皆不可究诘，前人注诗大半胡说，近人研究亦多附会。文字解释尚在其次，

诗的本事多不可考也。目前我在赶写一个小册，纪念我的故妻，因为我自丧偶后实在哀痛，想写一点东西稍泄我的哀思。我十一月初必定回台小住，我没有什么事需要你帮助，唯颇希望你如有兴趣可和我一同游玩游玩，能有朋友在一起谈谈便是我唯一的乐事也。日前王敬羲来，一饭而去。匆此即祝
大安

     梁实秋顿首 一九七四年八月三日

写给吴奚真先生的信

吴奚真先生，沈阳市人，1917年生。北平中国大学毕业，英国伦敦大学研究生。曾任东北大学副教授、台湾师范大学教授，其间并曾任美国佛罗里达州立大学客座教授，兼任台湾师范大学国语教学中心主任，于1984年退休，现旅居美国。译著有《希腊罗马名人传》《人类的故事》《英语散文集锦》《嘉德桥市长》《远离尘嚣》等三十余种。与梁先生在北碚国立编译馆和台湾师范大学同事近二十年。

奚真：

惠书拜悉。齐主任尚未来信，俟有信来，方敢动笔。官方做事照例迟缓，无分中外皆然。翻译中文作品，弟不热心，亦不欲浇冷水败人意耳。

编译馆（台湾编译馆）编英文教科书过去处理乖方，乌烟瘴气，基本毛病出在徒慕虚名不重实际。望重官高，与教科书乃截然二事，今后如仍不改此弊，必将无一是处。退休教授在图书室看书，受到奚落，真是可慨之至。弟退休后在图书馆亦有不愉快之经验，以后遂决不再去。教授肯看书，乃学校之光，欢迎之不暇，讵可加以歧视？少年躁进之士往往不识大体，令人太息而已。

编译馆欲编《英国文学史》，对弟乃一大好消息，可鞭策下走努力工作。以弟最近两年经验，此事大非易易，<u>眼高则手低，资料多则选择难，同时平素读书太少，认识不够真切，一动手方知困难重重</u>。

浦家麟先生编《汉英字典》事，可拟一计划试商。条件必须订定清楚确实。最近远东（台湾远东出版社）为编数学教科书，弄得很不痛快，刘锡炳先生愤而去职，想兄亦有所闻也。

大雪之后偶出散步，内人不慎跌了一跤，伤及胯骨，僵卧静养中，贪图赏雪乐极生悲，不幸之至。匆此即颂

大安

弟梁实秋顿首 一九七三年一月九日

奚真：

惠示拜悉。拙稿《放风筝》一篇，编译馆尚未寄来，乞顺便注意及之，我要事先看看，一来是看看他的改笔自己受惠不浅，二来万一有可商量处仍可及时提出也。

前函曾谓 Rolails 治胃痛颇有效，不知此药台北能否买到？请告我。如买不到，则敝寓离菜市邮局均近，早出散步购买付邮极为便利，当以小包奉上一试。请勿客气。

国语中心，见发达，老兄调度有方，至可欣慰。行政琐务当然毫无兴趣可言，唯对国语教学方法加以研究也是一大贡献。美国近来对中国（尤其大陆）发生热狂，实则仍甚肤浅，关于文化语言等项则各机关大抵不肯多用钱多请人。美国人急功近利，所见不远。弟在此将近一年，对美国之估价日益降低。何欣婚后生活当较轻松，我很为他高兴。匆此即颂

大安

弟梁实秋顿首 一九七三年四月廿一日

写给陈秀英女士的信

陈秀英女士,福建惠安人,毕业于台湾师范大学英语系,美国夏威夷大学语言学硕士,密歇根州立大学语言学博士班肄业。现任教于台湾师范大学英语系。她是梁先生的学生。在学时,梁先生适在编辑《英汉词典》,遂跟随参加《英汉词典》的编辑工作,在工作和学问上请益。后返台湾师范大学担任英语研究所助教,是时,梁先生任英语研究所主任,接受指导更多,且旁及为人处世。在梁先生于1966年退休后,仍时常探望、聆诲或代为办事,乃为梁府常客。陈女士婚后,其家人亦因夫子"温、良、恭、俭、让"趋谒甚密,或陪郊游,或同进食,十分亲近。

秀英:

初离台湾,离乡背井,那滋味真不好受,尤其是你有孩子,更是牵肠挂肚了。我六年前到美国,羁旅孤单,那份凄凉非言可喻。我是一个 family man（居家男人，宅男），离不得家。所以我总是懒得到外边去跑。最近香港中文大学又要我去讲演三天，我还是拒绝了。俗语说，"金窝银窝不如家里的狗窝"，我就是一个舍不得离开狗窝的人。其实也即是没出息也。你只有一年多就回来，时间很快地过去，盼善自安排，毋自苦。美国式的伙食也有可吃的部分，日久你自然习惯。不一定烧饼油条方能果腹。

任先生已得学校允许离台，不过颇为勉强，今年联考出题及阅卷都落在他头上，虽有炳铮帮忙，亦很吃重。

我译 Sonnets（《十四行诗》）已排好，Venus & Adonis（《维纳斯和阿多尼斯》）亦已译毕，仅余 Lucrece（《露克利斯》）一首，预计今秋九月间可以印出来。从此我即将向莎士比亚告辞矣。这个家伙缠了我好几十年。

台湾已开始暑热，听李方桂方从夏威夷来云彼处较台湾凉爽。旅中多加小心，要用功，但不要太用功。匆此即祝
刻安

      梁实秋拜启 一九六八年六月卅日
         内人附候

舍下又遭小偷光顾，夜间二点半，我正醒着，故无损失云。

秀英：

　　好久没写信了，想生活安好。我来此已两月有余，总算定居下来，我上月内写了约十万字稿，成绩不算坏，主要原因是天气冷，穿着棉衣伏案作书不觉苦恼。我生活并不寂寞，一家六口，各个皆忙。看报纸杂志的工夫都很难得。一份《联合报》，隔日送到，则一字不漏地看完。我们虽然在美，心在台湾。生活环境再好，终归不是自己的家乡，异乡做客的滋味不好受。

　　大专联考，你一定大忙一阵。主持阅卷事宜，虽无多大困难，也要小心从事，不出毛病就算成功，人事应付一团和气也就算成功，我想你必能胜任。此际应该快放榜了。

　　附商务馆（台湾商务印书馆）稿税收据一纸，盼得暇时到重庆南路一段卅七号商务印书馆，入门径登三楼办公室领取（扣印花税千分之四）。暂存尊处可也。拜托拜托。

　　时局不大好，日本态度有变，对我不利，但台湾目前不会有危险，蒋院长作风颇为海内外人士所赞美，盼其能确实贯彻。我想念台风威胁、湿热难当、嘈杂纷乱的台北！祝安好，缵文先生及小妹均安！

　　　　　　　　　　　梁实秋顿首　一九七二年八月三日
　　　　　　　　　　　　　　　　　内人附候

秀英：

一函一简都收到了。你在远东（台湾远东出版社）上班了，浦先生也有信告诉我。字典的事，真做好是不容易的，非身经其事不能懂。我们凭良心做事，尽力而为。远东在人事上始终未上轨道，浦先生不时地征询及我，我总是坦白以告，事实上现在依然问题重重。

你订购了房子，很好，如果再早一点可能价钱还可以低些。爬四楼也有好处，是一种运动，于健康有益。住在平地的人不是也想做爬山运动吗？到年底付款，如不足，可以告诉我，我可以帮你一点。我的版税也许以后可以多收一些。《雅舍小品续集》如果登出广告，盼剪下寄我。《看云集》不能拿到版税，因为那出版社穷，所谓"看云"是据陶诗"霭霭停云……"怀念过去的朋友，别无他意。

两位同事坐在一桌上吃饭而不讲话，那有多窘！此事我一点也不知道。原因何在，我只能尽可能地猜，乱猜。

李方桂夫妇在西雅图我们见面两次，一次是我们请吃饭，那一天内人正好胃痛，所以愁眉苦脸地吃不下东西，现在好多了。我们一时尚不需药，需要时当再去函麻烦你。

前些天我们到海边去玩，值落潮，我们在滩上从水里捞取海带，装满一大袋，都拿不动了，满载而归，洗净炖肉，比干海带要好吃得多，多余的冻藏起来，够吃一年的。外国人见我们捞海带，惊诧不已，告以为了食用，益为惊讶。

乐滢暑后要进小学了吧？孩子长大一些，做母亲的可以稍为轻松一点。冷气机声音大，可能不是机器的毛病，而是装在窗上不够稳牢，振动太大。请试从这方面想法，把窗口钉紧使机箱不动。此间热了两天，现在又凉了，又是冬装上身，夜拥棉被。从这冷的地方我若回到台湾，那股热劲真不敢想！匆上即祝

近安

　　　　　梁实秋顿首　一九七三年七月廿三日
　　　　　　　　　内人附候

秀英：

先后两函均收到。朋友们的慰电亦收到。五月四日为内人葬日，典礼非常简单庄严，来吊者三十余人，我们家人多从院里采了她生前所最喜爱的花卉扎成花束放在她的灵前。除了奏哀乐之外，客人向遗体行礼，我答礼，然后车队送葬至此间最大墓园，看着入土之后而去。我同时买了四块土地，预备我自己和文蔷夫妇将来也埋在一起，不教她在异乡孤寂。人人皆有死，本不稀奇，唯内人死得惨些，太突然些，使我心痛！内人一生忠厚，她把一生的精力、感情、时间、全部生命都奉献给我了，我看着她突然舍我而去，幽冥永隔，我何以堪！朋友们的同情使我得到安慰。浦家麟先生闻讯立即飞来，到墓前展拜，陈之藩先

生也飞来相慰，隔宿而去。我现在正办理法律手续，要拖很久才能有结果，事实上我的损失是无法补偿的。我身体还好，勉强支持，手颤心悸，睡眠困难，经医生检查说是正常。此后我当更加努力工作，以慰亡妻在天之灵，如是而已。太上忘情，我还不能办到。我的心乱，请以此函顺便送在你附近的朋友们一阅，我就不另写了，谅之谅之。

居留问题已解决，五月一日收到移民局通知，嘱前往办手续，而内人未及见也，事实上她已获得长久居留权矣，痛哉痛哉。我何日回台，现不能定，经此惨变，我不能不踌躇了。即祝
大安
　　谢谢缵文先生的吊慰！
　　　　　　　梁实秋顿首　一九七四年五月十日

秀英：
　　五月八日函收到。英语系的同事们发起在善导寺为我亡妻做佛事，我看了信大哭一场。亡妻信佛，做佛事可能使她的魂灵得到安慰，此外我们不能做什么事了。所以我可以同意，请注意下列各点：
　　一、我自己不能来，因为一来正在进行诉讼，可能要我做证，二来绿卡尚未取得，短期内不便离开。一切拜托你偏劳。

二、规模要尽量小，不要太声张。念一坛经，超度她早生净土，历一小时足矣。不需布置，花圈挽联，敬求免赐。灵桌上有一两束鲜花即可。

三、费用应该由我负担，请代我付。千万千万。附上照片一帧，挽联一副，可纸裱后悬在照片两旁。用毕不必还我。今以此事相累，心极不安，无法言谢矣！

梁实秋顿首 一九七四年五月十四日

秀英：

前天（六月四日）收到你五月卅一日函，今天（六月六日）收到你六月三日夜函，我放声大哭了一顿，不完全是为了亡妻逝世而伤感，是为了朋友们热心办这回事，使我感动得不能不老泪纵横了！内人地下有知，也一定感激流涕。人在这个时候才最知道朋友的可贵。你三日（星期一）有课，缵文先生也需要上班，整个上午在庙里照料，这怎么可以呢？累你们请假一上午，真是不好意思。我只能在此向你们二位致以最诚挚的谢意。乐滢小妹妹也抽暇前去致祭，我也同样感谢她。灵堂布置，均极为得体，水果、花卉都是死者所喜爱，我心里不安的是惊动的人太多了。林挺生先生特别多礼，我的本省籍的朋友不多，他是我最早认识的，自从一九四九年起凡二十余年矣，差不多他每星期必看我一次，道义之交，言不及私。一生一死，乃见交情。他来吊祭，可感之至。

六月四日函谓陈祖文先生另有信给我并附剪报，但是我未收到陈先生信，不知何故，是否他忘了？

六月三日我凌晨即起，展开《金刚经》朗诵一遍，亦不知是诵是哭是号，历四十分钟而毕，已泪湿沾巾矣。这一个月来，我身体尚好，没有病，只是精神还是很脆弱，禁不得一点感触。一伤感，手便发抖。睡眠亦稍好，可睡五小时，逾此则不能安眠。

文墨轩的老板不肯收费，真是古道热肠，以后得便时代我申谢，我不另函了。张芳杰、陈祖文、吴奚真三位先生处我另函谢。附上的几封信，乞代分送。

梁实秋 一九七四年六月六日

写给聂华苓女士的信

聂华苓女士,湖北应山人。毕业于南京大学外文系。曾任《自由中国》编辑委员和文艺主编。在台湾大学教文学创作。1967年,和美国诗人保罗·安格尔(Paul Engle)一同创办爱荷华大学"国际写作计划"。聂华苓女士从1977年起主持"国际写作计划"。她在美已得三个荣誉博士学位。出版22本书,包括小说、散文、中译英、英译中以及评论文章,在中国台湾、美国、中国大陆、中国香港等地出版。

20世纪60年代初,她和林海音、孟瑶常于周末去梁先生家做客,吃面食、听说话,是她枯寂生活中最大的乐趣。1966年去美的经费,是梁先生主动借给她的(后在美申请到一笔研究金才归还),所以特别怀念梁先生。

华苓:

照片收到,神采焕发,较前更为年轻!另一张已寄孟瑶。

来信仅写安东街九号,未写309巷,幸亏邮差机警,居然送到。王敬羲来,谈了两次,他颇想来台,因香港局势未可乐观,但此地谋一适当工作亦非易也。他告诉我你那里生活状况,知道你很忙,但亦很愉快,我们亦为之欣慰。

孟瑶到台中去教书,偶有信来,据说有房一栋,尚称满意,在东海兼课,亦颇忙碌,无事不会来台北。

我自退休以来,生活较前轻松,日唯以译莎士比亚自遣,现已译至第三十六本,再过两三个月即可全部译完。现已交远东(台湾远东出版社)开始排印,预料暑后可出版。这是我一生中最大一件工作,好坏不计,拖了三十多年卒底于成,私心窃喜。

海音编《纯文学》杂志,已出两期,销路还好,可卖两千余册。何以不见你的大作?在海外所闻、所见、所感,必有可以笔之于书者,盼抽暇执笔,勿忘台湾之读众(读者大众)也。

今日除夕,鞭炮之声盈耳,所谓勿忘在莒之训,已抛到九霄云外。在台湾居,大家觉得稳若磐石,可笑。久在外,亦想回台湾否?匆此即祝

旅安

梁实秋顿首 一九六七年二月八日除夕
内人附候

华苓：

　　接到你的圣诞卡，谢谢。自从你离开台湾，我们好像不只是少了一个朋友在一起，你带走了许多令人愉快的气息！海音办了一个《纯文学》月刊，内容不错，但销路不佳，听说书局赔了几十万。我自从退休，很少外出，八月间出版了《莎士比亚全集》，大热闹了一番，同时也是我结婚四十周年，女儿文蔷全家都在台，生活颇不寂寞。现在全力译莎氏之 Sonnets and Poems，一年内可竣事。本想环球一游，文蔷要住到1968年年底，我只好等她走了之后，再计划旅行的事了。你的生活想必安善，有孩子们在一起，事情再加上忙，一定过得很好。前些时寄来照片，满面春风，即其明证。有闲暇时可以用中文写一点东西寄回台湾发表，因为台湾还有不少想念你的人。匆上即颂
年安

　　　　　　梁实秋顿首 一九六七年十二月廿八日

华苓：

　　接到你的照片，好像比从前丰满些，我们看了很高兴。今年收到的圣诞卡，以你的为最漂亮而且有意义。朋友们越来越少了，夏菁全家迁往牙买加，孟瑶住在台中，一年难得见一面。海音也不常见，她忙。最近这两年，我的女儿全家来台（前天已回美），稍稍给我家带来一些热闹的气

氛。但是热闹后的冷清，滋味也不好受。我的酒，一瓶瓶地增加，但无人来喝。

　　我想起，佛家所谓"八苦"其中之一是"爱别离苦"，另一是"怨憎会苦"，意思是"爱见的人见不着，不爱见的人偏常见面"。人生确是这样。我译完了莎士比亚戏剧三十七种，诗三卷，共四十册，去年出版后一星期即销出了三千部（因为大同的林挺生先生独自购了两千六百部分赠各学校）。我没有寄给你一部，实是因为太重，拿到邮局去都拿不动。我们的健康还算好，只是吃力的事情做不来了。美国的生活只有你们年轻人，才能承担下来，所以我也不想离台，有机会也都婉谢了。你的两位女儿想必都好，我们诚恳地祝你们平安顺遂！

　　　　　　　　　　梁实秋顿首　一九六八年十二月十五日
　　　　　　　　　　　　　　　　　内人附笔

华苓：

　　隔了八年，又见到你，真是高兴，又会到安格尔先生，快慰生平。他送给我的诗集，已拜读过，知道他是一个很了不起的诗人。我首先读了那首《台北郊外》，感触极深。坦白、热诚、博爱，是美国的民族性，而能用细腻、朴实而又巧妙的文笔，表达出来的人并不多觏。若干年前我听 Robert Frost（罗伯特·弗罗斯特）诵他的诗作，如

Birches(《白桦林》)、Mending Wall(《修墙》)那几首，印象之深永不能忘。如今读到安格尔先生的诗，我有同感。请你告诉他,我如何喜爱他的作品。沈从文的短函复印奉上。另字典两本，亦同时包裹寄去，乞哂纳。匆此即颂
大安

梁实秋顿首 一九七二年八月三日
内人附候

华苓：

  收到大作《沈从文》，谢谢。文字写得太好了，除了欣赏之外，还有钦佩与羡慕。沈从文的作品，是不是像你所说的那样有价值，我不敢说，因为有很大一部分我没有读过，我只看过他早年的写作。你在传记部分，忽略了抗战前三年中，他和杨振声合编中学国文教科书那一段，那些教科书辗转发到了国立编译馆（成立于1932年，馆址在南京市山西路），我适主管此事，有机会看到书稿，编得很好，只可惜不合学校使用，尤其不合抗战期间使用，所以弃置未用。

  内人雪后跌伤，养了两个月才好，我做了两个月的护士，现已恢复我的写作生涯矣。匆此即候
大安

梁实秋顿首 一九七三年三月六日
内人附候

华苓：

　　收到你的信。你若是想到大陆去观光，恐怕要多考虑一下才好。侯榕生的文章看到了，是王节如给我复印寄来的，只看到三段，写得相当具体而细致，文笔也不错，尤其是文字有个性。王节如割胆石颇不顺利，割后很久未愈，至今肚子上还插着一根塑胶管！

　　我译的安格尔先生一首诗，何欣说登在十月号《现代文学》，一直到现在我也没看到。我已写信给另外一位朋友打听。

　　　　　梁实秋顿首　一九七三年三月廿八日

写给蔡文甫先生的信

蔡文甫先生,江苏盐城人,1926年生,曾任教职及主编《中华副刊》,创办九歌文化事业。著有长短篇小说集《雨夜的月亮》《没有观众的舞台》等十余部。

于1951年参加文协小说写作班时,听过梁先生的课。主编《中华副刊》,发表过梁先生很多作品;主持九歌出版社,出版过梁先生译著的多部文集。梁先生辞世前数年,每月主邀三四文友与梁先生小聚,聆听教益。梁先生辞世后,印行纪念文集《秋之颂》,协调办理多届梁实秋文学奖,并继续出版《雅舍尺牍》及其他文集。

文甫先生:

《杂感》一文刊出,谢谢。内有"反唇相稽"一语,我记得我没写错,但是印出来成了"反唇相讥"。是我写错了吗?乞代一查。

梁实秋顿首 一九八四年三月五日

文甫先生:

张放先生书题已写好寄去。

童话译了一半,我想还是放弃为宜,你的好意我心领了。陈清玉女士的译本很不错,适合儿童阅读。<u>我疲倦了,让我休息一阵。</u>

梁实秋拜上 一九八六年五月十三日

梁先生译了一半的童话,是 E.B.White(埃尔文·布鲁克斯·怀特)著之 *Charlotte's Web*(夏洛的网),经禀明已由陈清玉译成《神猪妙纲》,编列《九歌儿童书房》第二集;但译文因译法和功力不同,建议另行发表及出版;但梁先生看了陈清玉译本认为很不错,最后仍放弃未译,致译了一半的童话,未能和读者见面,殊为可惜!

——文甫附志

文甫先生:

那天颁奖典礼,我是力疾赴会的,因为糖尿病发,而且这一次较重,外表看不出来,几度几乎晕倒。近日服药,病状稍可。

胡有瑞文,写得极好,放在后面做附录,体例不合,且有自夸意味,以不采用为宜。胡文二十余页,我拟另写一序,尽量写长,也许有几千字。书薄一点无妨。《老子》《道德经》不过五千言,一笑!书排好乞即连原文一并寄下,以便着手写序。

弟梁实秋顿首 一九八六年十月九日

文甫先生:

我正在为联副(《联合副刊》)赶写一篇《抗战时的我》,勉强应命,很苦。俟完篇当为华副(《中华副刊》)写。

老牛奶已挤干,勉强挤,挤出来的奶,质量均差,而且痛。理宜放诸牧场休息也。然乎否耶?

梁实秋顿首 一九八七年六月十一日

写给夏菁先生的信

夏菁先生,本名盛志澄,浙江嘉兴人,1925年生。浙江大学、美国科罗拉多州立大学毕业,获有科学硕士学位。曾任中国农村复兴委员会技正、联合国粮食组织专家。现任科罗拉多州立大学教授。除技术专作外,出版诗集《静静的林间》《喷水池》《石柱集》等五种,散文集《落矶山下》及《悠悠蓝山》两本。

夏先生1951年秋,初识梁实秋先生于台北市中山北路德惠街梁寓。其后,由梁先生间接介绍,得识余光中。此后两人常常去梁寓请益及谈诗文。后迁安东街与梁先生比邻而居,来往更为密切。夏菁虽不是梁先生的学生,但一向执以师礼。

夏菁吾兄:

前得惠书,久未复,为歉。夏令已至,科罗拉多避暑胜地,令人艳羡之至！此间溽暑难当也。

王敬羲来，小住旬日，已返回香港，不久即飞美，与聂华苓同一学校。敬羲五年不见，真当刮目相待，较前成熟甚多，张牙舞爪之态，免去不少。与李敖一见如故，英雄相见恨晚。光中今年不回，其夫人拟下月赴美。《文星》按期看到否？此间空气沉闷，在文艺方面亦奄奄无生气。光中为一健者，私心颇盼他能回来。

我主办的英美文学丛书，年底前可出十二种，已有二种在排印中，一为《哈姆雷特》，一为《哈代诗选》。《培根散文集》亦将付印。以后如能继续，盼兄亦参加工作。如Frost（弗罗斯特）之类的诗选，即甚需要。盼早做准备，收集资料。

今年暑假特长，十一月三日方上课。我译莎氏稿又已完成五本，如无意外，全集或可译完。友人谓我如译不完便死不了，如想一死了事，天下无此便宜事！思之可发一笑。

匆此即请

大安

弟梁实秋顿首 一九六五年七月十九日

夏菁吾兄：

得来书，喜甚，我一直很想念你。"相见亦无事，不来忽忆君"，我确有此感。大作《山》已收到，而且我写了一个短评，附上一阅。我写的《英国文学史》五年前卖给了大同公司，没想到主事者拖了五年，尚在校阅中，我并不急于问世，但是颇为沮丧。年渐老，《中国文学史》写不动了。鲍照诗"意气敷腴在盛年"，洵不诬也。年来只写了若干短篇遣兴文字，不足道也。

老兄退休，以回到台湾为最得计，盼加考虑。回首前尘，不胜感慨，何日归来，重与论文？匆上即颂

双安

弟梁实秋顿首 乙丑元旦
一九八五年二月廿日

写给梁锡华先生的信

梁锡华先生,广东顺德人,伦敦大学哲学博士,主修文学。曾任教于加拿大圣玛利大学外文系及香港中文大学中文系,复任香港岭南学院教授、教务长兼现代中文文学研究中心主任,著译作品已结集者近三十册。

梁氏与梁实秋先生初次见面时约为1970年,1980年梁氏赴巴黎参加抗战时期文学研讨会,提出论文为梁先生翻"与抗战无关"之案,惹起轩然大波。事后谣言与谰言纷起,却有助于发展和巩固大梁与小梁的交谊,而当年的无聊闹剧,早于梁先生逝世前因大陆推行开放政策而冰消。

锡华先生:

惠函收悉。此次台北快晤,足慰生平。二十三日晚《中国时报》派人送来访问记录,当即予以校阅,改正若干错误,不意翌晨即已见报,并未来取弟之校阅稿。《联合报》迄今未予披露。双方对弟均无任何交代。先生所谓"君子协定"只有协定,不见君子,亦怪事也。何日再来,弟企望之。天热如焚,唯珍重不宣。

弟梁实秋顿首 一九七〇年八月二日

锡华先生:

大函并件收到,谢谢。《有余篇》甚有情致,"谈言微中"四字庶足以当之。杯勺余沥,往往胜似大馔,拜服之至。

批评有如明镜,可鉴得失,唯普罗一派之哓哓不休,则有如或凹或凸之"哈哈镜",视之可发一笑而已。春来有意来台一游否?甚企望之。

弟梁实秋拜上 一九八二年三月卅一日

锡华老弟:

廿一日函悉。Spenser(斯宾塞)没有中译,他的巨著 *The Faerie Queene*(《仙后》),无法译,每节九行,前八行五音步,后一行六音步韵三换,我曾试译,知难而退。岛内研究 Spenser(斯宾塞)的学者亦绝无其人。记得张心沧先生的爱丁堡大学博士论文好像是《Spenser 与〈镜花缘〉之比较研究》。此外我就毫无所知了。

旧历年欢迎你来。高信疆即将赴美进修两年，副刊改由余纪忠之女公子继任编辑，事出突然，不知其中详情。匆上即请

大安

梁实秋顿首 一九八三年一月廿七日

此处破损，系猫所咬。

锡华：

Spenser（斯宾塞）在中国没有文献可述，既无翻译，亦无评述，因为文字的内容与形式都不容易被中国读者欣赏。我编的《英国文学史》稿于三年前完成，至今未能出版，遗憾之至，现稿不在手边，我也不大记得我在稿中有关Spenser（斯宾塞）一段是怎样写的了。我对Spenser（斯宾塞）也无好感。不过Spenser（斯宾塞）却有Poets' Poet（诗人中的诗人）之美名，可惜他的主要作品，用寓言式神话题材，不合现代人口味，诗体又繁复，不可能译为中文。来书索资料，对不起，只好交白卷，乞谅！

梁实秋顿首 一九八三年二月六日

请注意：Spenser 非 Spencer。

锡华仁弟：

惠书拜悉。

我的一个学生到大陆去，带回一本他们出版的《雅舍怀旧》。简字横排，封面不雅。听说还有一本《雅舍小品选》，见广告尚未见其书。我写的文字还能在大陆印，真是奇迹。

久未晤，秋凉何不来台一游？

梁实秋拜上 一九八七年九月十八日

写给沈苇窗先生的信

沈苇窗先生，1918年生，上海市人，中国医学院毕业，于香港主编《大人》《大成》杂志二十余年，出版有《食德新谱》等书。《大成》杂志于梁先生去世前数年，刊登梁先生作品甚多。

苇窗吾兄：

　　得七月三十日大函及《大成》三册，知八月初大驾不来台矣。拙文中提起之陈敦恪，非陈登恪也。登恪为我熟识，敦恪则海上偶遇。孙元良将军所寄之朱元璋像，我曾藏起，但忘所藏之处，今遍索不得。此亦年老昏聩之一端欤？

　　此间暴热，如火烤，苦也苦也！

弟实秋拜上　八月三日

昨天才收到这张朱元璋像,是不相识之读者寄来的,惜未说明来源,不知还赶得上用否?此上
苇窗先生

梁实秋 一九八七年八月十八日

写给小民女士的信

小民女士,原籍北京,生于东北长春。著有散文集《妈妈钟》等十八册,与丈夫喜乐、儿子保健、保真、保康全家合集《紫色的家》等三册,配画小品《春天的胡同》等三册。并主编《爱的六书》及《欢喜冤家》等共九册。最新散文集《紫水晶戒指》《永恒的彩虹》。

小民与丈夫喜乐,同为梁实秋先生之同乡,结交十年,情感深厚,有如家人。

小民:

那天送我回家,累得你们二位没吃茶点,甚是抱歉。承告小时候的歌词,至感。唯《黄种应享黄海权》(《黄种歌》,李大钊创作于留学日本期间)那首歌是我在十岁时唱过的,远在"九一八"事变之前,如果是日本人作的,也远在满洲国之前。我的记忆究竟是不行了,歌词只能记得那么一点点。天冷，珍重。

　　　　　梁实秋顿首　一九八六年十二月五日

小民：

　　示悉。说来惭愧，我没进过当铺。所谓"有板无毛"一语，我仅在相声中听到过，好像还有"虫吃鼠咬"四字紧接于后。"金鸡未叫汤先热，红日东升客满堂"的澡堂也没去过，只去过前门外观音寺街"西升平"高级浴室两次，所以我是孤陋寡闻的一个北京人。文蔷给《中国时报》已写了四篇文字，前两篇用笔名，阴年腊八，她将来台，届时当嘱趋前一晤。秋凉了，快甚！

　　　　　梁实秋　一九八七年十月廿三日

写给缪天华先生的信

缪天华先生，浙江瑞安人，1914年生，1998年卒于台北。中国公学文学士。曾任台湾师范大学教授、复兴书局特约编纂等职。著作有《离骚·九歌·九章浅释》《寒花坠露》《雨窗下的书》《湍流偶拾》，校订《儒林外史》《水浒传》《西游记》等小说多种。

在大陆时，梁先生本是他的老师，到台湾后，二人同在台湾师范大学任教，常相过从。

天华先生：

惠赐大作《雨窗下的书》收到，谢谢。内中三卷文字，性质不同，但皆亲切有趣，不堕俗套，佩服之至。匆此道谢。

即颂

文安

弟梁实秋顿首　一九七一年十二月五日

写给罗青先生的信

　　罗青先生,本名罗青哲,湖南湘潭人,美国西雅图华盛顿州立大学比较文学研究所毕业,曾任教于台湾师范大学,现任台湾辅仁大学教授。著作有诗集《吃西瓜的六种方法》《萤火虫》等,诗画集《不明飞行物来了》《萤火虫》等,散文集《七叶树》《罗青散文集》等,论文集《从徐志摩到余光中》《诗的照明弹》等;并于海内外举办过十多次画展。

　　罗青经余光中先生介绍,得缘拜见梁实秋先生于台北。留美时,在西雅图华盛顿州立大学比较文学研究所,梁先生与夫人赴西雅图定居,居处相去不远,与梁先生过从甚密。梁先生返台居华美大厦,居处巧又相去不远,时相往还。十多年来,相见之时,如坐春风;平居之时,书信手札、诗画书法,时获赐寄,受益匪浅。

罗青先生：

来书拜悉。壮游世界，真可羡慕。弟亦有此想，但力不从心矣。我所以未至英国一游，亦以此故。不过 Arthur Waley（亚瑟·威利，英国著名汉学家）终生研究中国文字，未曾一履中土，思之亦复何憾！现已决定十一月上旬返台北，住处已托友人代订，承关注，至感至感。弟生活枯寂，返回台北稍换环境。届时当再图良晤也，匆此即颂

大安

弟梁实秋顿首　一九七四年九月廿八日

罗青戏作嵌字打油诗一首，录呈以博一笑。

芳草黏天碧
华筵开雀屏
罗裳鸾凤侣
日暖春常青

旅游归来得佳作否？

梁实秋顿首　一九七六年一月七日

罗青先生：

　　谢谢你给我的《水稻之歌》。要一首首地慢慢咀嚼，诗不能大口地吞。你的诗有独创性，又豪爽，又细腻，我甚倾服。《生日歌》尤获我心。我参加任何生日派对，从不开口和唱那不伦不类的英文歌，我认为那是堕落。中国人为什么要唱英文歌？为什么要吃蛋糕？为什么蛋糕上插蜡烛？

　　　　　　　　　　梁实秋　一九八三年七月十七

　　我已搬家。

写给陶龙渊先生的信

陶龙渊先生,江苏镇江人。曾任"中央银行"会计处副处长、华新丽华电线电缆公司副总经理等职务。

初识梁先生于远东图书公司编务座谈会上,时为1957年。其时梁先生为远东写稿,龙渊先生为公司顾问,得有机缘常相过从。其后,梁先生做客美国西雅图期间,偶有他个人在台事务相托,遂有信札往来,除于此刊布者外,尚有数件,惜已散佚!

龙渊先生:

辱函赐唁,感激之至。内子惨遭意外,言之痛心,五十年夫妻形影不离,一旦永诀,其何以堪。现延律师进行讼事,然损失实无法补偿也。陈秀英来函,拟在善导寺为做一场法事,因内子生前信佛,朋友们有此好意,自未便拒绝，然弟无法归去一哭。

离台后知杨伯玉兄亦已作古，人生无常，可叹也已。见蒋孟璞先生时，乞代问候。匆此即颂

大安

　　　　　　　弟梁实秋顿首　一九七四年五月十七日

手颤，乞谅。

写给黄天白先生的信

黄天白,本名黄晔,福建福州人。曾任英文《中国邮报》(*China Post*)采访主任,《公论报》主笔,《民众日报》总编辑、总主笔、副社长,越南《成功日报》总编辑,越南《新生报》主笔等职,服务新闻界逾五十年。公余常以多种笔名涂抹散文、杂文问世。

文甫先生乞转
黄天白先生:

读八月十八日先生的读后感,是我把拜伦的姐姐误为妹妹,实因我疏于查考,致有此误。以后有机会当为改正。英文的 sister 可姐可妹,犹 uncle 之可叔可伯可舅,此外如 brother, aunt, niece, nephew 等均然。我常为此困惑。谨此道谢,并祈不吝指教。

弟梁实秋顿首 一九七五年八月十八日

写给林芝女士的信

林芝女士，福建福州人，1956年生，台湾师范大学国文系毕业。曾任《妇女》杂志主编，《钱》杂志主编、企划协理、发行部副总经理。现任《公关》杂志总编辑。著有《望向高峰——速写现代散文作家》一书。

1983年开始，和梁先生书信往还，获益良多。为撰写《现代散文作家》，联络之后，梁先生告知因耳疾及忙于著述而无法安排面谈，遂改用笔谈。梁先生的信函，写得又好又快，文笔更是洗练整饬，确是百闻不如一见。

林芝女士：

大函奉悉。承问有关我的几篇文章的背景及写作动机，谨简答如下：

一、《记张自忠将军》一文，写于张将军忠骸葬于四川歇马场梅花山之后不久。我与张将军只有一面之雅，但是我在抗战时于一个多月之间拜访了七个集团军总司令，其中给我印象最深的是他。他朴素、诚实、勇敢，在将领中不可多得。他的灵柩由重庆沿嘉陵江运到北碚，由北碚再循公路到歇马场与长生桥之间的梅花山安葬。梅花山并无梅花（也许以后补植了），并且只是一个小土岗。我曾数度由北碚步行到那里去凭吊。像张将军一生的行为，应该愧煞那些骄奢放肆的文武官员，所以我写了那篇文章。

二、《鸟》是我在四川写的。写的动机很简单，因为我爱鸟。我爱鸟的娇小玲珑的身躯，我爱鸟的自由跳踉的姿态，我爱鸟的婉转清脆的声音。但是我不是提笼架鸟的人。我只是在心里虔诚地深深地爱着。我不能不敬服造物者的灵思妙手，竟创作出这样美的生物来点缀人间！

三、《论散文》只是一些粗浅的见解。不过我一直认为散文应该干净利落，少说废话，少用赘词。我们常看到的散文，其实不是散文，只是说话的记录，而且是啰唆冗杂的谈话的记录。散则有之，文则未也。

此外您提出的问题，如少年时代生活以及所谓好书等等，则一时难于尽述，尚乞见谅。

梁实秋　一九八一年十一月廿九日

林芝小姐：

接到你二月廿四的信。我很忙，同时我也不愿多写我自己，感于你的诚意，略供一点材料，请你斟酌编写吧。

一、在学校得到一位好教师，因此我喜欢"作文"一课。他教我笔下要"割爱"，要简洁。我每次作文都用心写，老师也用心勾改，获益不浅。在清华毕业那年，主编《清华周刊》，大事写作练习。从此进入写作一途，开始向报纸投稿。我父亲要我每年暑假补习国文作文，请陈大镫先生批改作文，对文言文及旧诗，稍窥门径。到美国念书三年，每周写家信，规定用文言、毛笔写。但是我还是文白相间。从此对于写作不视为畏途而引以为乐。

二、少年时代读书经验，起初是缺乏纪律，随兴之所至随意阅览，以后渐知其非，努力自修。国学无根底，但是我肯恶补，真正用功读书是在三十岁后。

三、我没有什么鲜为人知的少年事。我素体弱，又不肯用心体育，清华毕业考包括体育，其中100码（1码等于0.9144米，此处的100码当指100米）我跑了二十多秒，400码跑了一百多秒，掷铅球我偷换了一个较小的球，游泳几乎淹死，赖友人用竹竿把我救起，于是游泳要补考，结果连泳带爬，喝了不少水，勉强通过，比别人迟毕业一个多月。现在才知道体育的重要。有一次几乎被学校开除，因为我在周刊上鼓吹男女同校，言论过激，赖同学抗议声援始得幸免,此亦一趣事也。

关于我的资料,可参考《我在小学》(刊《传记文学》某期)《秋室杂忆》《白猫王子》《秋室杂文》等。

匆匆即祝

大安

　　　　　　　　梁实秋拜上　一九八三年二月廿七日

写给江新华先生的信

江新华先生,安徽庐江人,1924年生。安徽私立桐城菁英初级中学毕业。1942年冬征兵在军中服役,1955年7月因患慢性喉炎退伍。作品在各报刊发表者有六七十篇,生平最喜欢梁实秋先生所著的书籍,尤其是《白猫王子及其他》一书。因梁先生爱猫如子女,他也爱猫如命。

A cat is a lion in a jungle of small bushes. 猫是小丛林中的狮。

One needs to watch the cat at work to see the tiger in the hearth. 看猫施展功夫,犹如在家观虎斗。

A cat at its best is a young girl; a young girl at her best is a cat. 猫儿可爱至极点就是少女,少女可爱到极点就是猫儿。

译如上。但不可在"天窗"发表,因此例不可开,乞谅。

此上
江新华先生

　　　　　　梁实秋　一九八五年一月廿一日

写给方仁念女士的信

方仁念女士，浙江杭州人，1959年生。曾任上海华东师范大学中文系副教授，现在美国普林斯顿大学葛氏东方图书馆任职。编著有新月派作品选和评论资料选等多种。梁先生的信写于1986年（或1985年）。

仁念女士：

九月廿九日函由《中国时报》转来，谢谢你。承问三事，简答如下：

一、我在《新月》发表的文字，主要的有：《资产与法律》（译 Wore 教授作），因为我同意他的看法，私有财产是文明的基础，不可废。

二、我大体上服膺古典主义，反对浪漫主义。

三、白璧德教授和 Wore 教授影响我最大，他们的著作我全部读过。

梁实秋谨复 十月十七日

关于徐志摩的一封信

一九五八年四月我写了一本小册《谈徐志摩》，发表了徐志摩写给我的一封信，原信是写在三张粉红色的虎皮宣的小笺上，写作俱佳，所以我为之制版以存其真。其内容是这样的：

秋郎：

危险甚多须要小心原件具在送奉察阅非我谰言我复函说淑女枉自多情使君既已有妇相逢不早千古同嗟敬仰"交博"婉措回言这是仰承你电话中的训示不是咱家来煞风景然而郎乎郎乎其如娟何微闻彼姝既已涉想成病乃兄廉得其情乃为周转问询私冀乞灵于月老借回枕上之离魂然而郎乎郎乎其如娟何

志摩造孽

原文没有标点，字迹清楚，文意也很明白。但是读者也有误会的。误会志摩是一个儇薄轻佻的人，引此信为证。由于我发表一封私信，使志摩蒙不白之冤，我不免心中戚戚。事隔五十余年，也许我现在应该把这一件私人的小事澄清一下。

民国十九年（一九三〇）夏，我在上海。有一天志摩打电话来，没头没脑地在电话里向我吼叫："你干的好事，现在惹出祸事来了！"当时我吃了一惊。他说他刚接到黄警顽先生一封信。黄警顽先生是上海商务印书馆办理交际事务的专员，其人一团和气，交游广阔，三教九流无不熟稔，在上海滩上有"交际博士"之称，和朱少屏博士办的寰球中国学生会常常合作，可谓珠联璧合。我在民国十二年（一九二三）出国留学，道出上海，就和这位"交际博士"有过数面之雅。志摩信中所谓"交博"即此君。所谓"原件具在送奉察阅"即黄警顽给他的信，此信我未存留，其中大意是说他受友人某君之托，嘱设法代其妹做媒，而其属意之对象是我，他请志摩问我意下如何。志摩得此怪信即匆匆给我电话。

我听了志摩的电话，莫名其妙。我说："你在做白日梦，你胡扯些什么？"

他说："我且问你，你有没有一个女生叫×××？"

我说："有。"

他说:"那就对了。现在黄警顽先生来信,要给你做媒。并且要我先探听你的口气。"

我告诉他,这简直是胡闹。这个学生在我班上是不错的,我知道她的名字,她的身材面貌我也记得,只是我从来没有和她说过一句话。我在上海几处兼课,来去匆匆,从来没有机会和任何男生女生谈话。

志摩在电话中最后说:"好啦,我把黄警顽先生的信送给你看,不是我造谣。你现在告诉我,要我怎样回复黄先生的信?"

我未加思索告诉他说:"请你转告对方,在下现有一妻三子。"以外没有多说一句话。

此事就此告一段落,志摩只是受人之托代为问询,如是而已。志摩信中所谓"涉想成病乃兄廉得其情乃为周转问询私冀乞灵于月老借回枕上之离魂"云云,也许是文人笔下渲染,事实未必如此之严重。不过五十多年前,男女社交尚不够公开,无论男对女或女对男都受有无形的约束,不能任意交往,而师生之间可能界线更严一些。这件事,在如今不可能发生,如今谁还会肯"乞灵于月老"?

志摩一度被人视为月老,不料反招致不虞之谤,实在冤枉,故为剖析如上。

旧笺拾零

检视行箧，发现旧笺若干，往事如烟，皆成陈迹，人已作古，徒增浩叹。发表几件在这里，以为纪念。

一、郭沫若的一封信

一多、实秋：

信接到。拜伦专号准出（在二卷三号或四号），我在外还可约些朋友，稿齐请即寄来。我现在异常忙碌，年谱手中无书，恐难编出，请你们供给我些材料吧。达夫已北上，在北大、法大两校任课，仿吾不日返湘，沪上只能留我一人了。周报事太忙，望你们救我。实秋，一别便又秋尽冬来了，几时我们终得痛饮一场呢？你的病曾就医否？在回马路中笔此。

沫若 十一月十六日

郭沫若的这一封信是民国十二年（一九二三）冬写的。寄到美国科罗拉多温泉。当时，我和一多在该处读书。一多和沫若没有见过面，但是一多在民国十一年（一九二二）曾写一篇长文批评郭译之奥玛·海亚姆的四行诗（《鲁拜集》），指出其中纰误，文发表于《创造季刊》，沫若不以为忤，且表示敬服之意，其雅量有足多者。所以他在十二年（一九二三）冬写这封旨在索稿的信。

我在十二年（一九二三）夏赴美，晤沫若于沪滨。郁达夫陪我到民厚南里去见他。一楼一底的弄堂房子十分简陋，成仿吾和他住在一起。我对沫若说我患甲状腺肿，他就说："我是医生，我来给你看看。"略一检视，他就说这是"巴西多氏症"（Basedow's disease），返身取出一大本医书，指给我看，详述此症症状及疗法，嘱我到了美国立即诊疗。我承他指点，到美后乃就诊于贝克医师诊所，服用碘质，照太阳灯，月余而瘥。他来信询及"病曾就医否"指此。那天在他住房勾留片刻，不觉至午，他坚留午饭，只见一巨钵辣椒炒黄豆芽由其日籍夫人安娜捧置桌上，我们四人聚食，食无兼味。约于晚间到会宾楼饮宴，由泰东书局经理赵南公的公子陪往付账。我于劝饮之下不觉大醉。我在沪停留十余日，为《创造周刊》写了一篇《苦雨凄风》。离沪之日，船泊浦东，沫若抱着他的孩子到船边送行。这就是我和沫若交往的经过，从此以后未再觌面。抗战期间，沫若任政治部第三厅厅长，主管宣传，这时候他已经不复是创造社时代的他，他参加了左翼的阵营。道不同不相为谋，所以在抗战时期同在重庆我竟没有和他有过一面之缘。

二、郑振铎的几封信

郑振铎，字西谛，长我两岁，北平交通部铁路管理学校毕业，为商务印书馆高梦旦先生之快婿，进入商务印书馆任《小说月报》主编。《小说月报》自郑振铎主编后，大事更新，成为新文艺最有力的刊物之一。"文学研究会"适时成立，即以《小说月报》为其机关，网罗南北许多爱好文艺人士参加，如谢冰心、叶圣陶、茅盾、老舍等皆在其列。与郭沫若、郁达夫等领导的"创造社"对峙，形成两大流派。创造派的色彩近于浪漫主义，文学研究会则标榜人道主义，趋向于写实。

郑振铎本人并无明确的文学主张。他对《小说月报》的编辑持续多年，劳绩可佩。他自己的写作发表在《小说月报》的以《文学大纲》为主。《文学大纲》本是英国的作家德林瓦特（John Drinkwater）所著，上下两巨册，图文并茂，但只是通俗性质，介绍古今文学，以西洋文学为主。郑振铎翻译此书，特为加进中国文学，用意甚善，但繁简之间难得恰如其分。再则郑氏对于所谓"俗文学"特为热心,单独就我国俗文学而言,郑氏贡献甚大。

我对于郑氏《文学大纲》之翻译部分,很不满意,因为我发现其中误译之处甚多。默尔而息,不无耿耿,公开指摘,有伤恕道。我就写信给他,率陈所见。在我也许是多事,但无不良动机,在郑氏闻过则喜更表示其虚怀若谷。所以我公开郑氏这几封信如后。

实秋先生:

十一月五日的来信,已经拜读了。我非常感谢你的这种忠实的态度。我的朋友虽多,但大都是很粗心的,很少有时间去校读我的稿子的,只有你常常赐教,这是我永不能忘记你的好意的。我愿意以你为生平的第一个益友!这个称号你愿意领受吗?我有一大毛病,就是做事太粗心。常常地在急待付印之时,才着手去做或译稿子,永远不会再读再校一次的,因此常常出现了许多不必出现的错误。所吃的亏,已经不少,然而这个恶习还不能改。今后必痛革此习!实秋,我愿意你常常地赐教,使我常常地自己知错!你愿意如此地办吗?自然,我知道你也是很忙的,未必有什么工夫去做这事。我的这个请求,可算是一个"不情之请"!然而为"真理"计,为"友情"——我恳挚地要求你为我的一个最忠诚的益友——计,我希望你答应了吧!我向你认罪,当你的《评〈飞鸟集〉译文》出来时,我曾以为你是故意挑战的一个敌人。但我的性情是愤怒只在一时的,无论什么人的责备,当初听时是很生气的,细想了一下,便心平气和,常常地自责了。我因你的指责,已于《飞鸟集》再版时更改了不少错处。不管你当时做此文的动机如何,然而我已受你的益处不少,至少已对于许多读者,更正了好些错误。实秋,我是如何地感谢你啊!在我们在振华相见时,我已认你是一个益友,现在让我们成了一个最忠实的益友吧!我自觉我是一个不会说谎话的较真实的人。以上的话,也许会使你不高兴,然而我不管,我不愿意说假话。

《文学大纲》原有出单行本之意,因在现在,这一类的书似有出版的必要。不过我自己对我所编的也很不满意,因此,还没有决定单行本究竟出版与否。但如果要出版,必定要请几位朋友仔细地校阅一下,你愿意担任一部分的工作吗?我万分地希望能将《月报》(《小说月报》)七期以前及其后的《文学大纲》与 Drinkwater 的原文对读一下,而指出一切的错误。关于中国的一部分,本是最不易做的,我居然大胆地做了,自己更是觉得不满意。有暇也请指教一切。又《小说月报》登载这几篇《文学大纲》的,你如没有,我可以寄上一份给你。别的再谈。

弟振铎上 十二月二十三日

实秋先生：

《小说月报》拟于今年四月出一英国诗人 Byron（拜伦）的纪念号。国内对于他有研究的人很少，我很希望你能为我们做一篇文字，甚盼！交稿期在二月底以前。

弟郑振铎上　一月八日

实秋先生：

来信已经拜读，承你的忠告至为感谢！我将永以你为我的益友。我作文每苦太匆促，所以常有错误，我很愿意有很闲暇的时间，给我去做文字，但终不能有，奈何？这种环境，很想能变动一下。

谨拜忠言，乞常赐教。

振铎上　三月五日

三、张北海的一首诗和一副联（附彭醇士的和诗一首）

张北海，广东人，长我三岁。早年毕业于北京大学国文系，为黄节门下士。抗战期间任职教育部为督学，各地学校如有任何风潮或纠纷之事，教育部必定派北海前去处理，以他的快刀斩乱麻的手段，往往迅速奏效，为他赢得排难解纷高手的美誉。后改调为国立编译馆编纂，主持总务有年。北海重交谊，疾恶如仇，身材修伟，酒量甚豪，有侠士风。曾在"雅舍"居住一阵,故相知甚稔。胜利后,他返回广东,任西南六省党务整理主委。一九四九年来台,与我又共事于"国立编译馆"(台湾编译馆)。他酷嗜围棋,虽棋艺不精,但兴趣极浓,能日夜观看棋谱,乐此不疲,熟谙围棋掌故,如数家珍,间亦喜欢吟咏,唯甚少写作,不轻易示人。一九五二年壬辰腊八为余五十一岁生日,腊七为北海生日,乃赋长诗一首赠我。原稿水渍,字迹模糊,特抄录如下:

十二月八日实秋五十一生日召饮,前一日适余初度。白曰:昨日之日不可留,抽刀断水弄扁舟。甫曰:今夕何夕不可孤,咸阳客舍为欢愉。昨日腊七今腊八,上树寒鸡下水鸭。物情冻死何足论,休牵众眼惊以怯。(谚"腊七腊八,冻死寒鸭"。禅宗语录:"鸡寒上树,鸭寒下水。"杜甫《花鸭》:"羽毛知独立,黑白太分明。不觉群心妒,休牵众眼惊。")一梦百年真过半,炊灶依然枕然枕窍洽。(《异闻录》:"道者吕翁经邯郸道上,邸舍中有少年卢生,自叹其贫困。言讫即思寐。时主人方蒸黄粱为馔。翁乃探囊中枕以授之。生梦自枕窍入其家,见其身富贵五十年,老病至卒,欠伸而寤。吕翁在旁,主人炊黄粱而未熟。陈后山《八月十日二首》:"一梦人间四十年,只应炊灶固依然。")侔天有子一畸人(《庄子》"畸人者,畸于人而侔于天"),肝胆轮囷

231

龙出匣。(《拾遗记》:"有曳影之剑,腾空而舒。若四方有兵,此剑即飞起,指其方则克伐。未用之时,常于匣里如龙虎之吟。"孟郊诗:"匣龙期劗犀。")春秋志事在攘夷,莎翁译笔其余业。铁肠妙语天下无(皮日休《桃花赋序》:"宋广平为相,贞姿劲质,刚态毅状,疑其铁肠石心,不解吐婉媚辞。然观其文,而有梅花赋,清便富艳,得南朝徐庾体,殊不类其为人。"《汉书·贾捐之传》"君房下笔,言语妙天下"),忆同雅舍羁三峡,投老相看涨海隅,敢辞一翳沧千劫。(《传灯录》:"一翳横空,孰为剪之?")人生识字忧患多(杜甫诗"子云识字终投阁",苏轼诗"人生识字忧患始"),臧谷亡羊悲挟策。(《庄子·外篇》:"臧与谷二人相与牧羊,而俱亡其羊。问臧奚事,则挟策读书;问谷奚事,则博塞以游。"苏轼诗"臧谷虽殊竟两亡"。)未应再作秋虫声(苏轼诗"吟诗莫作秋虫声,天公怪汝钩物情,使汝未老华发生"),且共淋漓倾日榼。愿献菊潭之水千万缸(《风俗通义》:"南阳郦县有甘谷,谷中水甘美。云其山上大有菊花,水从山上流下,得其滋液。谷中三十余家,不复穿井,仰饮此水,上寿百二三十,中者百余岁,七八十者,名之为夭。"按菊水亦名菊潭。苏轼诗"菊潭饮伯始"),人间罪障可洗子可呷。(《荆楚岁时记》:"十二月八日沐浴,转除罪障。")

这首诗颇见功力,且豪气未除,不愧为湖海之士。他写完此诗，自己也很得意，以示彭醇士。醇士在北碚时亦曾诗酒联欢，能诗善画，今之高人。乃和诗一首如下：

北海寄示壬辰腊八实秋生日饮酒作歌。余与实秋不见久矣，因思曩岁游燕之乐今不可复得，而当时朋旧零落殆尽。次韵北海并简实秋。

君不闻黄鸡唱曲玲珑悉，白日去我谁能留？有人夜半移壑舟；又不见少年乘马锦袴褕，迟暮摧伤羁旅孤，寒灯拥被无欢愉。忆昔嘉江同饯腊，银壶泻酒盘蒸鸭。座上檀桧声激扬，大弦悲壮小弦怯，主人劝客侧金卮，伐木高歌情款洽。朱锦江，李清悚，丹青入画屏，卢生冀野宝剑腾珠匣。旧游回首百无伤，文学扫除皈净业。神州重睹虎狼横，残骨未收赖血喋。故人生死隔天涯，夜雨凄凉梦巴峡。哀乐十年随泊换，江河两戒填棋劫。昨闻宵宴设桑张，愧我晨炊举菜荚。高斋持琖曲红张，衔袖花笺侑香楂。吁嗟夫，人间万事如风狂！昔日桃与李，今为参与商。何尝携子清，飞观衣白袷，东海倾杯一口呷。

　　　　北海我兄吟正　烦转实秋兄正之　为叩弟彭醇士

一九七四年五月某日，北海说他集宋词句成一联送我，当即取出身边签字笔写出，联曰：

一番风月更消魂,无计迟留,燕子飞来飞去。

千古英雄成底事,等闲歌舞,花边如梦如薰。

——集宋词句

第三辑
诗心盎然

荷花池畔

你说你是好意,为什么又使我烦恼?好好的一泓碧水,我却不由得看作幽涧深坑;芬芳开着的花儿,多少蜂蝶围绕着,也似理不理地鄙视我了;澄明的月儿也藏在云里不肯伴我了!你说你是好意,为什么又使我烦恼?

夕阳啊!你明天落的时候,稍微快一点吧!你的残光刺得我心痛。你既不肯不去,你就快点去吧,一线的光明刺得我心痛。

假山石啊!你是我的朋友。你不会说话,很好;我愿意有一个不会说话的朋友。我的朋友太多了!他们都会说话;但是他们不爱同我说话呢!不会说话的朋友!我爱你!

荷花池啊!微风吹过你的脸皮,你不用皱眉。你看一看你自己;水心里不是映着一个又圆又亮的月儿吗?你不要皱着眉；你要皱眉，他们就看不见你的冰清玉洁的心了！

啊！"快活本身就含有苦恼；快活若不含有几分苦恼，苦恼会从外边掺进去的"。

一九二一年五月二十五日作于清华

（原载于一九二一年五月二十八日《晨报》七版）

没留神

我在树下乘凉,
弯弯新月,挂在树边;
一个没留神,
月儿恼了,躲入林间。

一九二一年五月二十六日作于清华

(原载于一九二一年六月二日《晨报》七版)

一瞬间的思潮

满天的碎星把昏沉的世界点缀得乱七八糟,不睡的虫儿唤起人的无穷情绪——我好似正在迷离恍惚地梦游,又好似正在东投西撞地漂泊。

忆起昨夜梦中的景象:风儿吹着,月儿照着,不消明灯做向导,心里更空洞洞的没有些个什么。待到醒来,仍旧是昏沉的天空,布满了闪烁的银星。闭上眼再想入梦,不睡的虫儿把鸣声一阵一阵地送到我的枕畔……

我并没有要生,但是我生了;没人禁止我死,但是我又不死。生了怨谁?不死又怨谁?不生不死可又怨谁?……可是除了我,我还知道谁呢?

生活是快乐的!可又哪能由你?生活恰似沿着经度旅

行：尝尽了冷暖，阅尽了沧桑，更受尽了风雪的滋味……走到了北极，疲倦极了，休息些儿不必回去吧？谁又愿意回去？

能想的动物最可怜。……凉风渐渐地吹入纱窗，半曙的天也慢慢地抓着山头露出鹅黄的脸儿。我心里兀自奔驰……可怜的动物！

一九二一年七月二日

（原载于一九二一年七月十日《晨报》七版）

冷　淡

灿烂的夕阳，一缕一缕地刺我的心，
已经薄弱得可怜了……
我蹑着足，忍着呼吸，
轻轻地踱到池边，
早"忒楞……"的一声惊走了几条游鱼，
空剩下一个悙悙惶惶的我，
望着水面上漾着的几圈波纹……
默想：那天披开密丛的青草儿，
爬上那暂别了的弯曲小径，
再没想到惊动了一群息着的山雀，
扑哧哧地飞去……
吓得深草里的虫儿住了鸣声，
松树上的松子落了满地。

两般的遭遇，引起人一样的心情：
是无聊的心境，还是寂静的自然，
这样的冷淡……冷淡？

一九二一年十月十五日作于清华

（原载于一九二一年十月十九日（《晨报副镌》）

蝉

一个蝉踞在东风里的杨柳丝上,
迸出几声悠远残余的歌唱,
一唱一心酸,勾起往日的悲哀无限!
蝉啊!秋要到了——你何苦也在这里留恋!
你去吧!……
我现在……不劳"你"来做伴!

辛酉年七夕晚作

(原载于一九二二年三月三日《清华周刊》二三八期)

疑 虑

吾爱被绞死!……
怎么弯弯的笑嘴
在林梢挂着呢?

吾爱被风灭!……
怎么点点的磷火
在夜幕缀着呢?
冷峻的新月啊!
神秘的深夜啊!

(原载于一九二二年三月十日《清华周刊》二三九期)

重聚之瓣（摘录数段）

五

水上的皱纹撩乱了水里的月影；
但是风定波平，水里月儿更加几倍明亮，
使诗人心境如洗过的镜子似的。

八

生与死交界的地方，
想必有一架界标，上面写着：
"行人车马，靠左边行！"
如此免掉许多无谓的唇舌，
——痛苦与快乐。

十九

花向蜘蛛说：
"谢谢你——你保护我！
但是你不该把你的朋友
放在你的网里！"

二十

记忆的泉
涌出痛苦的水，
结成热泪的晶。

二十二

东风呵！我求你：
吹灭了我手里的灯儿，
别教我感到灯光外的黑暗。

二十四

雪霁天晴，

积雪添了几分的白,
太阳说:
"我的朋友!
不要退缩;
我所望的,
只是这个。"
然而雪终于消了;
太阳也终于悔了。

二十七

荷花谢了,
瓣瓣落在水面;
荷花散了,
阵阵聚在心头。

三十

嗅着花香,
不见花处,
嗡嗡的蜜蜂
才向东风呼负!

三十七

我的心呵!

我恨你不似柳絮,

在无限中飘摇荡漾;

我恨你却似柳絮,

渴望有限中的着落!

四十

薄薄的云翳,

是她的衣裳;

阵阵的风香,

是她的呼吸。

她的唾液,

是天空嵌着的繁星;

她的一瞬,

普照一夜的大地。

五十三

吾爱!

莫看轻我的文字呵！
都是些殷红的血点呢！
再待一顷，
怕要变惨白的泪花。

七十五

春到人间，
人先被春风醉倒，
睡眼模糊，仿佛看了：
凝翠的青山，
淡黄的嫩草。

一九二二年三月十六日抄

（原载于一九二二年四月四日《清华周刊》"双四"节特刊）

春天的图画（十首之二）

檐下瘫着的"迎春"，
迸出藤黄色的花儿了；
庭前织不遍的青草，
还那样地娇羞么？

六

是几个小孩子，
在池塘里撑着木筏作戏；
捣破了一池春水，
恼恨了才萌的春意，
唉！他们终于是小孩子啊！

一九二二年三月二十一日

（原载于一九二二年四月二十一日《清华周刊》二四四期）

二十年前

二十年前的我,
该和现在的我差了些什么?
无端地被这囚笼,
闷损了心头的快乐,
哇的一声要吐出来了,
终于脱不了皮肉的枷锁!
只凭悲哀的兴奋,
痛苦的刺激,
无意地牵延着生命之火!
皮肉的枷锁,终于扑不灭生命之火,
那么同二十年前的我,相差又有些什么?

辛酉腊八日夜

(原载于一九二二年四月二十一日《清华周刊》二四四期)

对　墙

满墙的黑影,
倏地缩成绳似的一条;
是时间的闪烁,
还是空间的动摇?……

（原载于一九二二年四月二十一日《清华周刊》二四四期）

送一多游美

一多是文学社的社友,清华现在唯一之诗人,有集曰《红烛》。今且游美,全社有失依之感。习俗之序赠的滥调,文学社友本不优为;而别离情绪盘萦脑际不去者累日,遂迸而成此。既成篇,诗之工拙弗计也! 呈一多及诸社友。

一九二二年五月十六日

牡丹谢了,早谢了,
留下无数鸡爪子似的种子,
缀在绿色的枝头上。
荷钱还稀得很呢,
三三两两地在池边聚着,
也不知喁喁地商量些什么。
唉! 什么是饯送的馈礼呢?
又谁是饯送的主人呢?

东方的魂哟!
雍容温厚的东方的魂哟!
不在檀香炉上袅袅的香烟里了,
虔诚的人们膜拜着些什么啊?

东方的魂哟!
通灵浩彻的东方的魂哟!
不在幽篁的疏影里了,
虔祷的人们供奉着些什么啊?
遗弃的髑髅啊!
优游的尸身啊!

东方的魂哟!
终于像断了线的纸鸢,
飘到迢迢遥遥的云阶上了吗?
唉!诗人早一把掣着了线端,
立在云端,欢喜地降着了。
从云缝里露着的景象:
跳舞的髑髅,游行的尸身,
早密业业地填满了人间。
诗人的心也就震荡了!

"拿去——这是你的灵魂!"
只这一句话能完成诗人。
我的朋友!
看渊潭久了,渊潭也要看你!
嗅香花久了,香花也要嗅你!
天上人间的诗人啊!且记取:
"拿去——这是你的灵魂!"
只这一句话能完成诗人。

朋友啊!
海洋里的熏风,
将把"红烛"里的光焰更扇亮些吧?
你就秉着熊熊燃着的"红烛",
昂然驶进西方海岸的湾港吧!

我感到恐怖的黑暗,
便灭了我手里的纱灯;
但是,到海底探珠的人们啊!
燃着你们的灯光吧!
在魔鬼怀里炬火要缩成燐火,
燐火要变成磷火了!

纱灯的周围，有数不清的灯蛾；
但是闪烁的炬火也要驱走恶魔了！
朋友啊！燃着你的灯吧！
在烛影摇红里，我替你祝福了！

牵裳的风啊！
系鞭丝的柳枝啊！
挽不住离人去了！……

朋友啊！
谢了的牡丹，
钱大的荷盖……
在这冷清的黄昏，
只这些是馈礼了！
但在失了魂的人们里，
谁又是饯客的主人呢？

一九二二年五月十六日黄昏

（原载于一九二二年六月《清华周刊》第八次增刊）

旧 居

蝉也叫得忒狂了,吓得柳枝一动不敢动;
嘶嘶没有起落的响声,震伏了一切生灵。

雨水淤成无数的小坑,缘坑生满了野草;
草片染着泥,剩着一半绿,还待雨丝涮扫。

盆荷不再开了,瘫小莲蓬带着病黄面孔,
呆受骄阳的热炙,看着顽皮的野菊恣纵。

黑白斑的老猫跳下墙头,紧追着我狂叫;
唉!谁知道它是欢迎旧主,还是申诉不饱?

人影显着瘦了,却清清楚楚地映在阶上;
竹梢的叶子憔悴了,遮不满南房的后窗。

蛛丝锁门，
尘灰铺着地，冷侵侵令人寒栗；
橱里的瓶儿有半截剩酒，炉头惨无生气！

邻家的小儿依旧的肥，笑眼眯眯凝视我；
想起那天跄踉去，今天却依稀不忍离啊！

一九二二年七月九日

（原载于一九二二年九月十一日《清华周刊》二五〇期）

秋　月

月光洒在我床上
——只是这么半床；
我把身躯移过去，
洗个清凉的冷水浴。

月光射在我身上，
照得我的胸腔
像水晶一般的彻亮。
啊！嫦娥！
看取这座水晶宫里
我的美人的模样！

月光浸着我的身躯，
使我寒得战栗；
月儿啊！

假使我忘了你是秋月啊!
我的身躯要像脂般融去。

谁在我被上罩上了一层光织的纱,
拂又拂不去?
待我要拥着她眠的时候啊,
早偷下了床,平铺着在地,
掬又掬不起。

我要幻作一片孤云啊,
浮上了天海,追踪她去,
秋风啊,秋风,
劳你送我一程!
假使经过那鹊桥啊,
我也打听些牛郎织女的消息。

我终于不能去啊,
秋月,你也终于不久留。
但是你这一派霜也似的清光,
领导我的梦魂到他的家乡!

一九二二年九月十一日夜

(原载于一九二二年九月二十三日《清华周刊》二五一期)

梦　后

"吾爱啊！
你怎又推荐那孤零零的枕儿，
伴着我眠，偎着我的脸？"

醒后的悲哀啊！
梦里的甜蜜啊！

我怨雀儿
雀儿还在檐下蜷伏着呢！
他不能唤我醒——
他怎肯抛弃了他的甜梦呢？

"吾爱啊！
对这得而复失的馈礼

我将怎样地怨艾呢?
对这缥缈浓甜的记忆,
我将怎样咀嚼哟!"

孤零零的枕儿啊!
想着梦里的她,
舍不得不偎着你;
她的脸儿是我的花,
我把泪来浇你!

(原载于一九二二年十一月一日清华文学社初版《冬夜草儿评论》,为闻一多论文《〈冬夜〉评论》的引诗)

荷花池畔①

宇宙的一切，裹在昏茫茫的夜幕里，
在黑暗的深邃里氤氲着他的秘密。
人间落伍的我啊，乘大众睡眠的时候，
独在荷花池腋下的一座亭里，运思游意。

对岸伞形的孤松——被人间逼迫
到艺术家的山水画里去的孤松——
耸入天际；虽在黑暗里失了他的轮廓，
但也尽够树丛顶线的参差错落。

我的心檀香似的焚着，越焚越炽了；
我从了理智的指导，覆上了一层木屑，
心火烧得要爆了，也没有一个人知道，

---

① 与前边一篇标题重复。

只腾冒着浓馥的烟,在空中袅袅。

不过是一株树罢了,可是立在地上
便伸臂张手地忘形地发育了;
不过是一条小溪啊,他自由地奔放,
尽兴地在峡谷里舞跃,垣途上飞跑。

为什么我的心啊,终久这样的郁着,
不能像火球似的轰轰烈烈地燃烧,
却只冒着浓馥的烟在空中旋绕?
为什么又有点烬火,温着我的心窝?

我的心情的翅,生满了丰美的翎毛,
看着明媚的浮光啊,我心怎能不动摇?
我要是振翅飞进昊天的穹隆里去呢,
我怎知道,天上可有树,树上可有我的巢?

她本是无意地触着我的心扉,
像疾驰的飞燕,尾端拂着清冷的水面;
但只这一点的刺激,引起了水面上的波圈
不停地荡漾,直漾到了无涯的彼岸。

久郁着的心情都是些深藏的蓓蕾，
要在春里绽放他们的拘扼的肢体；
但是薄情的春啊！瞟了一眼就去了！
撇下彷徨的心灵，流落在悲哀的雾里。

被她敲开了的心扉，闸不住高潮的春水，
水上泛着些幻想的舟儿，欲归也无归处；
舟子匍匐祷祝着海上的明珠啊：
在情流里给他照出一条亨通的航路。

她说她是无意，误来拂拭了我的心扉，
像天真的小孩践踏了才萌的春草，
但是为什么引动我的悲哀的琴弦，
直到而今啊，奏出那恼人伤魄的音调？

荷花池水依旧地汪着，澄清澈底，
红甲纱裙的金鱼几番地群来游戏；
今朝啊，却似昏沉沉的幽涧深坑，
隐着无数泣珠的鲛人，放声地哀恸！

紫丁香花初次感着可怕的寂寞，
也怨恨自己的身躯，牢牢在枝上绊着，

摧残一切的风啊！请先把我的身躯吹散，
好片片地飞呀，追随那蝴蝶儿做伴！

我的心情就这样疯狂地驰骤，
理智的缰失了他的统驭的力；
我不知道是要驶进云幔霞宫，
还是要坠到人寰的尘埃万丈里去。

（原载于一九二二年十一月二十四日《清华周刊·文艺增刊》一期）

答一多

烛火都要熄了,
又何有于流萤呢?

自从我的开路的神灯;
退出了我的眼界,
便在我想象的宫里大放光明,
照得各个黑角都亮了,
像一座莹澈的水晶宫!

我是人间逼迫走的逃囚,
我把荷花池做了逋薮;
那里准我恣情地唱了,
却只是听着自己的歌声,
无归宿的孤声啊!

借了 Cupid 的小弩；
怎奈那持满待发的箭啊，
又雕着罪人的名字，
反将宣示了我的藏处！

朋友啊！
愿你闲敲几朵灯花，
愿你漫折几枝笔花，
缀在我的神思的襟上，
做了辟邪的符箓吧！
我更要跨上亘天的彩虹，
像一条绝壁飞升的神龙，
飞到海洋的彼岸，
扇着诗人的火啊，
坐看着你的烛影摇红！

但是烛火都要熄了，
又何有于流萤呢？

一九二二年十月十九日

（原载于一九二二年十一月二十四日《清华周刊·文艺增刊》一期）

幸 而

　　幸而我是一只孤雁啊！
　　误投进戈者的网窖，
　　做了情人们婚前的贽礼。

　　幸而我是一片枯叶啊！
　　粘在樵夫的草鞋底，
　　带我走进山里去。

　　幸而我又是一个恶魔啊！
　　乘我熟睡了的时候，
　　缢死我自己的活尸。

（原载于一九二二年十二月二十二日《清华周刊·文艺增刊》二期）

早　寒

遭了秋神谪贬的红叶，
漫天地飞舞起来，空剩
那瘦骨嶙峋的干树枝
收敛着再世荣华的梦。

宇宙像座斑驳的废堡，
处处显露以往的遗痕，
诱使载满悲哀的诗心
痛哭命尽途穷的黄昏！

（原载于一九二二年十二月二十二日《清华周刊·文艺增刊》二期）

寄怀一多

　　我几番的梦想！
　　心焦泪冻的红烛啊！
　　要在凶险的黑夜
　　熊熊地升上天空，
　　照着布棋似的群星，
　　虽是隔着浩荡的海洋，
　　也好代替那一轮皓洁的月明。
　　你知道：
　　我爱银箔一般的月色，
　　我也爱红焰辐射的烛火。

　　朋友啊！
　　我一度默对绰约的嫦娥，
　　一度沉思鸿飞万里的诗客。

可怜的孤雁啊!

我也是一只可怜的孤雁!

一片凄凉的汀州,

漠漠无垠的沙岸,

我只看见几星渔火!

只有我孤独的哀鸣!

捣破沉凝的寂静,

但仅是一声——两声——

愈鸣愈弱的呼声啊!

"梦笔生花"的图像啊!

还似炊烟一缕在我心里浮动着,

此外便是些枯蓬断梗了,

唉!好荒凉的心境呀!

我如古刹门前的空心树,

没有峥嵘的绿盖,

也没有你的蝙蝠似的玄思;

只在郁极无聊的时候啊,

像是心里盘踞着一条

血口金鳞腰围十丈的巴蛇,

静待着电火焚化的期限。

(原载于一九二三年一月十三日《清华周刊·文艺增刊》三期)

小　河

夕阳斜睨着的小河，
就像一条彩鳞的巨蛇
在草里蜿蜒地动着。
我独在岸上缓行。
汩汩不息的水声，
和着我心脏的振动，
我独在岸上缓行。

河上漂着许多的浮梗，
和些没冲碎的溅沫，
这全是些旅途的同伴啊！
祝你们平安地航驶吧！
载着生命的小河，
少几许颠覆的风波！

奔肆的小河啊！
别顾岸上的田了！
我的情思也在涌着，
狂纵地涌着，
迸出零碎的诗歌
就是河流撞在礁石上
溅起来的珠沫啊！

小河悍然地东流，
驶进柳丛的深处，
只剩孤寂的我哟！
在暮霭迷漫里踯躅！

（原载于一九二三年一月十三日《清华周刊·文艺增刊》三期）

怀——

间隔了七天,
消融了一场漫天的大雪;
手上的温存,
却还一些儿也没有消灭。
只是心头的图画
嵌得更深了,
深——深——深——
嵌破了悲哀重载的心!
"我恨见你,我悔生我;
宇宙的缺憾,只是为了'你''我'!"
二十年前的我们
在空虚缥缈的家乡,
不曾诅咒过黑暗,
不曾艳羡着生命之光,

我们两个一伙。

叶儿黄了,
早就不该绿;
叶儿绿,
不该赢得行人一顾!
爱人啊!
要敲我的心,就敲得它粉碎,
淡淡的空间
没有浅红色的希望,
更没有灰白色的忏悔!
爱人啊!
别忘我!

(原载于一九二三年二月一日《创造季刊》一卷四期)

答赠丝帕的女郎

吾爱!
你遗我的丝帕,
已又析成丝——
丝丝地将我缚着!

芳泽,
柔腻,
全凭缕缕的丝端寻着!
爱情的使者,
丝帕!

那斑斓的痕迹,
是我的泪痕
还是你的?

早片片地综错吻合了,
又何须辨识!

吾爱!
我要寄回你的丝帕,
让他满载着香吻,回来,
重新把我的唇儿温过!
我的心啊!
若终于哇的一声呕出,
这块丝帕,
便是你的棺椁!

帕上怎有这般香气
沁人鼻脾?
不是花香,
不是露香,
是吾爱遗下的气息。
灵魂脱离躯壳的时候,
我愿裹在帕里
钻在丝纹的隙缝里!

吾爱!

丝帕是一个彩瓷的花盆吧,
生满了朵朵的泪花;
丝帕又是残花的空蒂,
我去取了口口的香吻;
丝帕又是春蚕的茧啊,
蛹便是我的心!
吾爱!

(原载于一九二三年二月一日《创造》季刊一卷四期)

赠——

我想在你卷发覆着的额上
栽下一颗热烈的接吻,
但是再想啊,唉!我不该再想!
又怕热烈的接吻烧毁了你的灵魂!

人们说我的情田生了莠草,
人们说我的爱流溢了良田;
我年轻的女郎!可曾知道:
我只是渴望着你,于今一年!

眼角里水似的莹晶。
永远是我浴沐着的大海!
纵是温热,永不冰凝,
融不了我悲哀的重载!

我年轻的女郎,这不是失望;
且看取,黄昏紧系着破晓!
让我们平行的爱,继续添长,
终由上帝绾成一个结套!

(原载于一九二三年二月一日《创造》季刊一卷四期)

一九二二年除夜

这是卍字形的黄铜小灯台，
擎着涕泪横流的残烛。
吐出几条拘挛着的光芒，
把我的影子涂在墙上，
一个抖颤的、孤单的，
模糊到失了轮廓的影子。
我怎能不趁着烛火未消啊，
回忆不堪回首的故我？

我爬剔了一年的荆棘，
我品尝了一年的风霜；
待要尽情地醉陶，
放浪形骸地醉陶，
然后，翱翔在澄虚的昊穹，

遨游在寥廓的天野……
唉！谁知道仍是黏滞在人群啊，
终像一堆滤淀的酒曲！

那葳蕤的海棠丛，
像无数柄油绿的伞，又像一排锦碧的绣屏，
原是我们的旧相识啊，
现在也憔悴得不成样了吧？
待明春你又宠锡了荣华，
依旧盛妆着锦绣，
只怕在晴朝月夕呀，
不见了你的一对旧友！

对着墙上朦胧的影子，
我恐惧得战栗了！
生怕我在她的心龛里，
也这般的恍惚迷离——
哦！求她饶恕，我不该这样思维。
爱的火将永像辐射的炬焰，
生出无量数的光芒，
如那"裸童"（丘比特）的箭锋一般锐利，
把一切情人们的影子，

深深地嵌入他们的情人的心里!

那冰凝了的荷花池啊,
也该像一片碎玻璃了吧?
我只为你板起冰凝的脸,
几番的椎心饮泣啊!……

<u>一切的欢乐的记忆,</u>
<u>你们是一切苦恼的泉源!</u>
我虔求凛冽的朔风
把你们一齐吹散!
让我的坦虚的心情
重新渲染些欢乐的遗痕。

(原载于一九二三年二月十五日《清华周刊·文艺增刊》四期)

尾生之死

《庄子·盗跖篇》:"尾生与女子期于梁下,女子不来,水至不去,抱梁柱而死。"

一

尾生张目一望:
尽是一片冷僻的荒场!
"我若和我的爱人约会,啊
可在那方!"

他怕那灿烂锦簇的人间,
那里人们的心情烟消火灭地寂静,
那里人们板起冷酷的面孔,

那里是蹩杀生机的雪地冰天!

尾生独自盘想,
尾生和他的爱人细细地商量:
"黄昏时候,桥梁下,
倒好尽情地欢会,叙诉衷肠。"

二

尾生无心人事,
心里满蓄着甜蜜的希望;
他渴盼着黄昏,
不由得诅咒了斜挂的夕阳。

他把镂心刻骨的积愫,
一桩桩地重新细理,
准备着和她相晤,
一缕缕地向她倾吐;
萦缠的相思越理越乱,
蠕动的时间越移越慢,
他此刻的心花
蠕得像春之花一般绚烂。

三

乡村的灯火荧荧，
深林的犬吠喑喑；
尾生佩着紧张的心弦
到桥下守着爱人的约信。
桥下一泓流水
潺潺地奏着琮琤的仙乐，
桥畔一幅草茵
阵阵地放出鲜湿的香馥。

这正是情人们的逋薮，
这正是情人们密会的时候；
尾生的心兀自忡忡：
"为什么不见我爱的踪影？"

四

桥上死沉沉的渺无声息
只有归去的牧群蹒跚地徜徉……
独有他的爱人的踏步，
总不蹩然来叩他的心房！

退了金辉宝座的夕阳
引致得一片暮霭弥漫；
"吾爱终要陪着西升的月亮
追踪到这昏黑的桥畔？"
尾生守着桥梁凝想：
爱人来时，何等的醉人模样！
但是，他的开花的希望，
只在死灰的黄昏里彷徨。

五

"爱人啊！黄昏深了！
你若步出这寥廓的荒郊，
也该看到这冷清的桥下，
一星爱火正在燃烧。

"爱人啊！月儿吐了！
满地渲染着绰约的树影。
你若终于像石沉大海，
可不枉负了良辰美景？

"爱人啊！晚潮涨了！
渐渐地要漫上了桥梁！
渐渐地要浸灭我的爱火，
爱人啊！你倒是来不来啊？"

六

桥下的汐流，汹涌澎湃，
尾生的身躯半浸在水里；
他的鲜红的燃烧着的心
要像珊瑚一般沉下水去。

天色黑到不可辨了，
远远的灯火像无数只泪眼
对着这个忠诚的波臣
发出同怜的抖颤。
他紧紧地抱住了桥梁，
如他搂抱他的爱人一样；
任洪水滔天，任汐潮泛滥，
"既是要约啊，终于要相见。"

七

尾生仿佛看见洛神的模样，
彩裳凤髻，姗姗地履在水上；
但和她的爱人有些不同，
爱人的眼里有热爱的光芒。
尾生仿佛听见活活的流水，
忽地奏起叮当的音响；
但是不似爱人的语声
声声地打入心房。

潮水溢上了尾生的顶，
溢到桥梁一样的平——
只是一片茫茫的水
在茫茫的夜里徐行……

尾生就这样地抱住了桥梁，
如他搂抱他的爱人一样，
爱人始终不来，
尾生也始终抱着桥梁不放。

（原载于一九二三年四月清华文学社初版《文艺汇刊》）

海　啸

一

一轮旭日徐徐地从海边升起，
鲤鱼鳞似的波光远远地在跳动。
在这鲜艳的天海——慈祥的空气，
有几声轻锐的海啸，你试静听：
"醒哟！失群的孤禽，离家的游子！
醒哟！从你的糖饴似的乡梦醒起！
请看天上的纤云，波上的白沫，
并听送到耳边的清冷的音乐。
若再流连在缥缈的梦境的时候，
一出乡梦将引起竟日的乡愁！"

二

夕阳像一只负创的金鸟,
染了一身鲜血,迅急地下坠。
飓风送来几声沉重的海啸,
恰似垂暮的老人在呻吟感喟:
"海上倦游的孤客!别再只是默默!
试看夕阳底下,海里闪着万道金蛇:
碎锦编的晚霞黏满了半天;
白银镂的浪花冲碎在船舷;
请把你的乡愁丝丝地细理,
交付那西去的夕阳载回家去!"

三

玉镜似的月盘孤零零地高悬,
银箔似的海面平坦坦地凝驻。
像是打破这神秘静止的自然,
几声哀柔的海啸,如怨如诉:
"对月出神的骚士!你想些什么?
可是眷念着锦绣河山的祖国?
若是怀想着远道相思的情侣,

明月有圆有缺,海潮有涨有落。
请在这海上的月夜,把你的诗心捧出来,
投入这水晶般的通彻玲珑的无边天海!"

(原载于一九二三年十一月十日《小说月报》十四卷十一号)

海　鸟

黄昏时候，我在凭舷远眺：
从起伏的波澜闪出一只海鸟；
我欢喜地望着它的洁白的翅儿，
忽地不胜悲悸，向它高声喊叫：

"海鸟啊，何处是你的家乡？
你为何抛弃了你的巢居，
你为何离别了你的伴侣，
独自翱翔在这无边的海洋？

"海鸟啊，风在怒号，海在狂涛，
你远道飞来，筋疲力尽，
若要敛翅寻栖，驻足啄饮，
唉，在这万顷洪涛哪有半个屿岛？

"海鸟啊,你四顾茫茫,置身绝地,
将葬身在这无边的海洋,
不知要几度春秋才能漂送你还家乡,
何为还不回转,兀自向前飞去?

"海鸟啊,假如你不嫌弃,
请来飞入我的坦虚的心怀,
即是死在这里,我用沸热的心血将你掩埋,
岂不胜似那无情的海水冷冰冰的?

"海鸟啊,我也是沧海中的一粟,
不知何时何地也向无穷长殒;
容我们在这不能自忘的一瞬,
携手去寻我们共同的归宿……"

海鸟飞近船身,把精神抖擞,
在我头上旋绕了三匝,呀呀地哀叫。
"海上的灵禽,请诉你的衷曲……"
我话未竟,它喃喃地说道:

"海是我的情人,海是我的母亲,

当我倦飞的时候，沉入了海心；
海心里有殷红的珊瑚，
海心里有泣珠的鲛人。

"多情的朋友，世界上
可有更适宜的坟墓将我掩埋，
若不睡死在情人臂上，或是母怀？
你试用你的常识想想！

"多谢你的关注，我的朋友，
海是我的故乡，我向我的故乡飞走。
将似一片雪花投入了洪炉，
假如我飞进你的心怀哟！……"

海鸟似箭地没入了海天边际，
我惶然悚然，周身在战栗，
忽地觉得银镂的浪花开在我的头上，
无数的鲛人在我身旁啜泣！

一九二三年八月二十五日

（原载于一九二三年十一月十日《小说月报》十四卷十一号）

梦

我昨夜梦返童境,
不堪摇篮的摇摆;
忘听慈母的睡歌——
枉做了这出甜梦。

今朝从梦里醒来,
冥思昨宵的梦象——
睡歌无处去寻求,
并忘了摇篮的摇摆。

(原载于一九二三年十一月十日《小说月报》十四卷十一号)

题璧尔德斯莱的图画

雪后偕友人闲步,在旧书铺里购得一册书,因又引起我对璧尔德斯莱(Beardsley)的兴趣。把玩璧氏的图画可以使人片刻地神经麻木,想入非非,可使澄潭止水,顿起波纹;可使心情余烬,死灰复燃。一般人斥为堕落,而堕落与艺术固无与也。

一、舞女的报酬

爱情烧得她心焦,
蝴蝶似的在筵前舞蹈。
什么是爱情的报酬?
啊,银盘里的一颗人头。

姑娘,姑娘,快吻他的嘴唇,

乘他的嘴唇尚有点余温。
你看紫血溢出了银盘，
他的脸色渐渐地灰淡。

枝上的奇葩佳卉，
摘下不久便要凋萎；
唯有你嘴唇吻过的人头，
将永久地含笑，亘古地不朽。

姑娘，姑娘，擎起你的银盘，
给筵前的宾客们观看。
什么是爱情的报酬？
啊，银盘里的一颗人头。

二、孔雀裙

"孔雀，孔雀，
请借你的翎毛，做我的裙裾。"
"姑娘，姑娘，
我可以赠你这件彩裳。"
姑娘曳上了裙裾，
盈盈地凌空舞起，

光艳射上了昊穹,
像错综的万道彩虹。

"孔雀,孔雀,
让我还你这件裙裾,
人们将要笑我——笑我反常立异。"
"姑娘,请留下这件彩裳。
你穿上比我美丽,这该是你的,
为何不改正上帝的错误呢……"

(原载于一九二五年三月二十七日《清华周刊·文艺增刊》九期)

荆轲歌

荆轲放歌

盘有狗肉,
樽有美酒;
英雄满座,
听我狂歌。
白云漫漫,天日无光,
谁人知道我心肠?
酒入了愁肠,
浇遍块垒,
烧热了我的胸膛。

朋友啊,

我的血在沸腾，

我的剑在哀鸣——

趁满腔热血，

竟溅上谁家的门庭？

（拔剑起舞）

像不羁的西风，

扫落叶，

卷残云，

仗这霜芒利剑，

杀尽天下的奸雄！

（众惊起合呼）

杀尽天下的奸雄！

（荆轲就座）

朋友们，

有酒须当醉，

更尽一杯！

荆轲悲歌

我痛恨强秦，

我痛恨强秦,
张开血盆似的巨口,
要把六国一气侵吞。

夸什么豪杰之士!
说什么血气之伦!
眼看着:
秦兵像疾风暴雨,
吹到了易水之滨。
要劫掠燕人的子孙,
要盘踞燕人的祖坟!
樊将军,
你来自西秦,
秦王一心一意只贪求
悬重赏购你的头。
好朋友!
更尽一杯忘忧酒。
铲除天下的凶邪,
果是谁的职守?

趁胸有余烬,
趁血有余温,

朋友们,
且开怀痛饮,
且开怀痛饮!

荆轲歌

空气何芬芳,
细乐何悠扬,
我们醉醺了醇酒,
在梦境里面徜徉。

(众和)
徜徉,徜徉,
原是幻梦一场!
你们的绣裳凌乱,
像是风里蝴蝶。
你们的倩影翩翩,
像是残春花谢。

(众和)
花谢,花谢,
且看秋风黄叶!

卿在鼓琴，

我在低歌，

谁说良朝胜景，

任他等闲蹉跎？

（众和）

蹉跎，蹉跎！

怕你壮年虚过！

空气何芬芳，

细乐何悠扬，

我们醉醺了醇酒，

在梦境里面徜徉。

（众和）

徜徉，徜徉，

原是幻梦一场！

荆轲歌（对秋纹）

听，听那竦竦的秋风，

鬼吟般，吹入了园庭！

秋纹，我们将像彩云，

横被冲散在那天空！

我爱你的琴声哀怨，
像一颗颗泪坠玉盘；
我也爱秋风的萧萧，
像万千士卒的鼓噪。

今朝啊，有琴歌相和，
且尽情地大家欢乐。
来日啊，我独葬荒丘，
你独看陌头的杨柳！

秋天是流血的节候，
秋天是洒泪的辰光，
血染在枫树的枝头，
泪滴在情人的心上。

秋纹！且住了你的琴声，
我不知何如这般惶恐。
听，听那竦竦的秋风，
鬼吟般吹入了园庭！

荆轲歌（致燕太子）

燕太子，请从此辞！
我此去拼着一死，
把万恶的秦王刺，
雪我燕人的耻。

一年来承你知遇，
把我当上卿尊礼：
剜了马肝来佐酒，
我今朝也肝胆披沥！

我荆轲清贫如洗，
孤零零无忧无虑，
人生难得一知己，
谨把此生献给你！

宫殿里美女如云，
谁个比得我秋纹？
数月来低唱浅酌，
今朝竟孤雁失群！

秋纹!是国事迫紧,
太子的义高情深,
我挺身独入西秦,
从此永诀了,秋纹!

燕!灿烂的祖国!
谨拜别你的锦绣山河!
谁说贼人的巢窟,
不是男儿的死所?

我不管事败功成,
把颈血且溅秦廷,
让秦王雄心慢逞,
嗅嗅燕人的血腥!

别了,别了,朋友们,
且听候我的好音。
漠漠河边秋月夜,
莫忘了为我招魂!

(原载于一九二五年七月十五日《大江》季刊一卷一期,
系梁实秋为顾一樵剧本《荆轲》所作的歌词)

REPLY FROM A "CHINEE"

At the bottom of the far-off Pacific,

There grows the coral tree,

The coral red as

Petrified blood of Christ,

And bright as the disk of the sun,

The coral engrailed on the crowns of your kings,

The coral hung on the necks of your queens,

Dazzling your eyes,

And radiating angelic charms,

Yet, you all wondered

How it looks in the sea ;

So you wondered at me.

"支那人"的答复

在遥远的太平洋海底，

长有珊瑚树。

珊瑚通红，

可比基督身上凝结的鲜血，

而光耀又像日轮。

成波状镶在你们国王冠上的珊瑚，

挂在你们王后颈上的珊瑚，

迷眩你们的眼睛，

放射超凡的丽彩。

可是，你们人人纳闷，

不懂珊瑚在水中的样子；

同样的，你们对我感到惊疑。

（英文诗原载于一九二四年六月二十八日美国科罗拉多大学校报《科大之虎》，署名 C.H.Liang）